일을 그만두니 설레는 꿈이 생겼다

일을 그만두니 설레는 꿈이 생겼다

이주용 지음

도서출판 99퍼센트

프롤로그

전업주부가 되다

대학도 졸업하기 전이다. 대학 선배는 학원 강사 자리를 소개하며 웬만한 대기업보다 낫다고 했다. 15살, 부모님이 빚에 쪼들려 야반도주를 한 이후로 돈은 내게 가장 큰 유혹이었다. 그렇게 국어 강사가 되었다. 돈 때문에 시작한 학원 강사였지만 다행히 아이들을 가르치는 일은 적성에 맞았다. 이 일을 평생직업으로 생각한 적은 한 번도 없었지만, 23년 동안 학원을 떠나지 못했다. 수업이 많을수록 수입이 늘어나니 선배의 말처럼 웬만한 직장보다 나았다. 직장 내 남녀 차별도 없고, 상사 눈치 보느라 스트레스받을 일도 없었다. 그런데 문제가 있었다. 바로 소속감이다. 언제라도 그만두고 다른 학원으로 옮길 수 있는 자유로움이 장점이 아닌 단점으로 느껴졌다. 정체성에 혼란이 왔다. 내가 아니어도 되는 곳에 잠시 머무는 기분이었다.

20년 넘게 학원에서 아이들을 가르치고 결혼도 했다. 둘째를 임신했을 때 시어머님이 돌아가셨다. 이후 새 아파트로 이사하고, 얼떨결에 학원 원장이 되었다. 8.5평 교습소로 시작해 1년 채 되지 않아 학원으로 확장했다. 학원장이 되고 나니 어깨에 힘이 들어갔다. 학원장 겸 강사로 아이들도 계속 가르쳤다. 수업도 조금씩 늘어났다. 몇 년 동안 집보다 학원에서 보내는 시간이 훨씬 많았다. 가족보다 학원 운영에 몰두하는 내 모습이 멋져 보였다. 워킹우먼의 표본이라도 된 듯 착각하며 하루하루를 살았다. 아내와 엄마의 모습은 어디에도 없었다.

그렇게 잘 나가던 학원 운영에 위기가 닥쳤다. 운영 자금이 부족해 보험을 해약하고 신용카드 대출을 받아야 했다. 몸도 아프기 시작했다. 무엇보다 제대로 쉬는 날 없이 학원으로 출근해야 하는 생활에 신물이 났다. 도망치고 싶을 때가 한두 번이 아니었다. 하지만 당장 학원을 정리할 형편이 아니었다. 힘든 몸을 이끌고 학원 운영을 계속해 나갔다. 몸도 마음도 지쳐갔다.

2016년 여름, 아빠는 담도암 말기 진단을 받았다. 종양의 크기가 너무 컸다. 아빠 연세에 수술은 불가능했다. 의사는 방사선 치료 후 결과에 따라 항암 치료를 해보는 것이 유일한 방법이라고 했다. 아빠는 고민하지 않았다. 당장 치료를 시작하겠다고 했다. 삶에 대한 의지는 물론 자신감마저 보였다. 충격과 슬픔을 뒤로 하고 일주일에 한 번 아빠를 모시고 병원을 오가며 치료를 받게 했다.

나는 무딘 편이다. 그래서 웬만한 증상이 아니면 병원을 가지 않는다. 그러던 어느 날 무딘 나조차도 참기 힘들 정도의 통증으로 병원을 찾았고, 자궁에 문제가 있다는 판정을 받았다. 의사는 아이를 가질 계획이 있는지, 여자로서 느낄 수 있는 상실감을 받아들일 준비가 되어 있는지 물었다. 부분적으로 치료하는 방법도 있지만, 아예 없애는 것이 더 나은 선택이었기 때문이다. 나는 길게 고민하지 않았다. 더는 아이를 낳을 생각도 없었고 자궁을 떼어 낸다고 해서 여자가 아닌 것도 아니니까. 게다가 여자라는 정체성에 갇혀 살아야 할 이유도 딱히 없었다. 2016년 겨울, 나는 자궁을 떼어 냈다.

봄을 앞두고 삶에 회의가 느껴졌다. 몸의 일부는 사라졌지만,

일상은 그대로였다. 평생 아등바등 애쓰며 살아온 아빠의 암 투병을 보며 노년과 죽음에 관해 생각했다. 어떤 노후를, 어떤 죽음을 준비할 것인가에 관한 본질적인 질문이 따라다녔다. 학원 운영으로 골머리를 앓으며 늙고 싶지 않았다. 정신없이 살다가 갑자기 얻은 병으로 죽음에 이르고 싶지도 않았다. 좀 더 계획적으로 노년을 맞이하고 싶었다. 좀 더 주체적인 죽음을 맞이하고 싶었다.

차마 끊을 수 없던 밥줄을 마침내 끊어냈다. 어렵게 학원을 정리하고 학원 주차장을 빠져나오던 마지막 날, 차 안에서 울고 말았다. 마음은 후련한데 눈물은 멈출 줄 모르고 계속 흘렀다. 함께 일하던 학원 강사들은 꽃다발을 건네주었고, 남편도 그동안 수고

했다며 작은 선물을 내밀었다. 저녁에는 언니와 형부까지 와서 축하 파티를 열어 주었다. 그렇게 나는 전업주부가 되었다.

23년을 일하는 여자로 살아왔는데 그 세월에 대한 감회는 별로 없다. 하기 싫은 숙제를 억지로 한 것처럼 지겹고, '척'하며 살던 부끄러운 기억들이 대부분이다. 성형수술 전과 후처럼 3년의 전업주부 생활이 오히려 나를 변화시키는 계기가 되었다. 23년 동안 일하면서 생각해보지 않았던 나만의 꿈을 그릴 수 있는 시간이었고, 마침내 그 꿈이 현실로 나타났다. 그리고 지금 이 책이 내 꿈의 출발선인 셈이다.

평범한 중년 여성의 특별할 것 없는 이야기지만 내 글의 쓸모를 생각해보았다. 자꾸만 낮아지는 자존감으로 우울해하는 전업 주부, 꿈을 잃은 채 기계처럼 직장과 집을 오가는 사람, 재취업은 꿈도 꾸지 못하고 사는 여성, 새로운 꿈을 꾸기에는 너무 늦었다고 생각하는 중년, 엄마와 아내에게 용기를 주고 싶은 자식과 남편들에게 조금은 도움을 줄 수 있지 않을까?

첫 책이 나오는 데 도움 주신 분들께 고마움을 전하고 싶다. 먼저 3년 동안 블로그에 방문해 함께 울고 웃으며 위로와 응원을 아끼지 않은 블로그 이웃에게 감사의 마음을 전하고 싶다. 내가 이렇게 책을 쓸 수 있게 된 데는 그분들의 공이 크다. 다음으로 글 쓴다고 까칠하게 굴었던 아내에게 언제나 다정했던 우리 남편과 일하랴 글 쓰랴 바빠서 살뜰히 챙기지 못했던 두 아들에게 뜨거운 사랑의 마음을 전한다. 마지막으로 책을 쓰자고 손 내밀어주고 기다려준 99퍼센트 출판사 대표님께 감사의 말을 전하고 싶다.

어제보다 나은 오늘의 이야기를, 손에 쥐고 있는 것을 포기하는 한이 있어도 써야만 하는 글을, 몸은 늙어도 젊음을 잃지 않는 글을 영원히 쓰고 싶다. 내가 쓴 글보다 조금 더 나은 사람으로 살 수 있기를 간절히 바라본다.

2021년 봄

유쾌한 주용씨

프롤로그

1장 엄마의 자리로 돌아오다

2장 남자의 여자, 그리고 엄마의 딸

3장 행복하게 성장하기

4장 계속 꿈꾸며 살아가기

에필로그

二

1장

엄마의 자리로 돌아오다

여러 이름으로 살아가는 내가 좋다

만일 우리가 젠더에 따른 기대의 무게에서 벗어난다면,
우리는 얼마나 더 행복해질까요?
각자의 진정한 자아로 산다면, 얼마나 더 자유로울까요?
📖 치마만다 응고지 아디치에, 『우리는 모두 페미니스트가 되어야 합니다』

일을 그만두고 오랜 시간 제쳐두었던 집 안을 정리했다. 어느새 고등학생, 중학생이 된 두 아들의 귀가를 기다려 저녁도 차려주었다. 주말에는 남편과 등산 다니는 재미에 빠져 지냈다. 아빠를 모시고 통증 센터에 다녔고, 아픈 엄마 대신 시장을 보고 김치를 담갔다. 어느 때보다 부모님, 그리고 가족과 가까이 지냈다. 정말 사람 사는 느낌이 들었다.

나는 매일 엄마, 아내, 딸의 이름으로 살았다. 20년 넘게 일하는 여자로 살면서 잃어버렸던 이름들을 어렵게 되찾았다. 더는 일하느라 바쁘다는 핑계로 엄마의 역할을 내려놓고 싶지 않았다. 아내로서 남편과 많은 시간 함께하고 싶었다. 외로운 엄마에게 세상에서 가장 친근한 목소리로 말을 거는 딸이 되고 싶었다.

물론 그 어떤 이름보다 중요한 것은 바로 나, 이주용이다. 내가 중심을 잡지 않으면 다른 이름들은 흔들리게 될 테고 그 이름에 걸맞은 역할을 제대로 해낼 수가 없다. 그래서 나는 '나'를 잃지 않기 위해 노력하기로 했다. 아침 일찍 일어나 산책과 요가를 하고, 블로그에 매일 글을 썼다. 브런치 작가가 되어 글도 발행했다. 그리고 독서도 빼먹지 않았다. 이미 주어진 이름 말고 내가 갖고 싶은 이름들이 아직도 많기에 꾸준히 자신을 키워 갔다.

많은 이름으로 살아가는 내가 좋다. 그 이름들이 바로 '나'라는 사실을 깨닫기 시작했다. 힘들지만 행복한 이름인 엄마로, 여전히 따뜻하고 아름다운 이름인 아내로, 언제나 부족하고 모자란 이름인 딸로 최선을 다해 살아갈 것이다. 이름이 많아 하루 24시간이 모자랄 정도로 바쁘지만, 행복한 이 삶이 소중하고 고맙기에 오늘도 여러 이름으로 열심히 살아가려고 노력한다.

엄마라는 무거운 역할

좋은 엄마는 완벽한 엄마가 아니고 완벽한 아이의 엄마도 아닙니다.
엄마는 엄마로 충분합니다. 아이에게는 잘 자라기를 바라는 마음으로
실수해도 느긋하게 기다리고 지켜봐 주는 것이 필요하고,
엄마 스스로에게는 지금 잘하고 있다고 말해주는 것이 중요합니다.
📖 안정현, 『엄마도 아들은 처음이라』

어느 날 큰아들 학교에서 전화가 왔다. 학교에서 걸려오는 전화가 반가울 리 없다. 불길한 예감은 빗나가지 않았다. 선생님은 큰아들이 친구와 전자담배를 피우다 걸렸다고 하셨다. 다음 날 선도위원회에 참석해달라는 말도 덧붙였다. 전업주부가 되었으니 당연히 가야 했다. 전화 받는 내내 나는 문제아의 엄마로 아주 작은 몸이 되어 버렸다.

큰아들이 친구와 전자담배를 피웠다는 사실 자체는 그리 충격

적이지 않았다. 고전 소설 『톰 소여의 모험』을 보면 톰과 허클베리 핀이 해적이 되겠다며 함께 담배 피우는 모습이 나온다. 걱정스러운 마음보다는 그들의 자유로움을 응원해주고 싶은 마음이 더 컸다. 그리고 20년 넘게 학원에서 별의별 아이들을 다 경험한 덕분에 이런 일쯤은 대수롭지 않았다. 많은 책을 읽으며 어떤 상황에서든 부모는 자녀를 이해하고 사랑해야 한다고 배웠다. 지금은 아이를 나무라기보다 배움을 실천할 때라고 생각했다.

하지만 나도 엄마는 엄마였다. 꽤 괜찮은 엄마라고 자부해왔는데 착각이었나 하는 생각이 들 정도로 기운이 빠졌다. 나는 아들에게 공부에 한해서만큼은 스트레스를 주지 않는, 요즘 시대에 보기 드문 엄마였다. 아들의 어떤 말이나 행동에도 긍정적인 자세로 마음을 열었다. 그런데 우리 큰아들이 그런 엄마를 전혀 마음에 두지 않았다고 생각하니 무척이나 서운했다. 아들에게 어떤 엄마여야 하는지 혼란스러웠다.

선도위원회에 참석하는 날 대기실에서 전자담배를 같이 피운 아들 친구와 그의 어머니를 만났다. 분위기가 어색해질까 봐 "아들 덕분에 선도위원회라는 데를 다 와 보네요. 하하하" 하며 너스레를 떨었다. 선도위원회는 담임선생님, 학년 부장 선생님을 포함해 여섯 분이 참석했다. 아들과 나는 나란히 앉았다.

먼저 아들이 비교적 침착하게 당시 상황을 이야기하고 반성의 뜻을 전했다. 혹시라도 긴장할까 봐 오른손으로 아들의 무릎을 쓰다듬어 주었다. 다음은 내 차례였다. 아들 잘못에 대한 부모로서의 송구함과 아들이 깊이 반성하고 있음을 담담하게 전했다. 이어서 선생님들의 의견을 들었다. 그리고 마지막으로 한 번 더 말할 기회가 주어졌을 때 나는 아들에게 들려주듯 내가 가지고 있던 큰 아들에 대한 믿음을 이야기했다. 자신을 돌아보고 더 좋은 모습으로 성장하는 계기가 되도록 가르치겠다는 말도 덧붙였다.

집으로 돌아오면서 미안해하는 아들에게 요즘 스트레스 받는 일이 있는지 물었다. 혹시나 아빠, 엄마에게 불만이 있는 것은 아닌지 걱정스러웠다. 아들은 그런 이유는 절대 아니고 단순한 호기심이었다고 했다. 이런 일로 학교까지 오게 해서 엄마에게 정말 미안하다며 말꼬리를 흐렸다. 나는 진심을 담아 아들에게 말했다.

"앞으로도 얼마든지 잘못할 수 있어. 중요한 건 그럴 때 거짓이나 변명을 하기보다는 이번처럼 솔직하게 잘못을 인정하고 용서를 구하는 일이야."

끝까지 당황하지 않고 의연하게 일을 마무리한 내가 대견했다. 아들을 학원에 데려다주고 집에 오니 남편이 기다리고 있었다. 고생 많았고 아들도 고마움을 느낄 거라며 등을 토닥여주었다. 당시 나는 입원 중인 아빠를 지켜보며 자주 눈물을 흘렸다. 남편은 그런 내가 아들 문제로 더 힘들어할까 봐 걱정을 한 모양이었다. 남편의 위로에 마음이 따뜻해졌다.

자식을 키우다 보면 별의별 일을 다 겪는다. 내 속으로 낳은 자식이지만 때로는 이해할 수 없는 일을 저지르기도 한다. 자식 걱정이 하루 이틀로 끝날 일도 아니니 그때마다 당황하고 허둥댈 수는 없다. 센 주먹 한 번 맞고 나면 그다음부터는 견딜 만하다. 이렇게 우리 큰아들은 나를 맷집 센 엄마로 만들어주었다. 또 덤벼 볼 테면 덤벼 보라지.

두 번째 예방주사

아들이 자라고 자기가 한 행동을 책임지려면
자신의 선택이 불러오는 결과와 대면해야 합니다.
애덤 프라이스, 『당신의 아들은 게으르지 않다』

큰아들 일이 정리될 무렵 또 다른 사건이 터졌다. 작은아들 문제였다. 담임선생님은 전화로 아들이 수업 중에 선생님 앞에서 두 번이나 욕을 했다고 하셨다. 교권 침해에 해당하는 심각한 상황이라 직접 나와 주셔야 할 것 같다고도 하셨다. 큰아들 일로 예방주사를 맞은 덕분에 생각보다 담담했다.

내 아들이 그런 행동을 한 것은 분명 잘못이지만, 사춘기 아이들에게 흔히 일어날 수 있는 일이라고 생각했다. 작은아들의 선한 얼굴을 떠올리니 어떤 이유가 있지 않았을까 하는 생각이 먼저 앞섰다. 예전 같으면 남편에게 전화해 호들갑을 떨었겠지만, 직장에서 일하는 사람에게 걱정 끼치고 싶지 않았다. 엄마로서 이 정도의 일은 잘 대처할 수 있다고 자신을 다독이며 아들의 학교로 향했다.

선생님은 아들이 직접 쓴 종이 한 장을 건넸다. 선생님 앞에서 뱉은 두 마디의 욕설과 당시 상황이 적혀 있었다. 평소 거친 말투 한 번 쓰지 않던 아이가 선생님의 지적에 이렇게 심한 욕을 했다는 사실이 믿어지지 않았다. 선생님은 내게는 낯선 아들의 학교생활을 들려주었다. 내가 아는 것이 전부가 아니라며 나의 자유로운 교육방식에 의문을 제기했다. 나는 얼굴을 붉히며 고개를 푹 숙였다.

그동안 작은아들의 인성에 문제가 있다는 말은 들어 본 적이 없는 터라 당황스러웠다. 교무실에서 만난 아들은 눈만 한 번 마주쳤을 뿐 무표정한 얼굴로 선생님의 지적을 다 인정하고 교실로 들어가 버렸다. 학교에서 돌아온 아들은 담임선생님에 대한 불만을 토로했다. 이야기를 들어보니 선생님의 꼼꼼한 성격과 아들의 자유분방한 성향이 잘 맞지 않아 자주 부딪힌 모양이다. 하지만 이유를 불문하고 선생님 앞에서 욕설을 했다는 것은 용서받을 수 없는 행동이다. 나는 아들을 크게 꾸짖었다.

아들 문제로 속상하셨을 선생님에 대한 죄송한 마음과 함께 풀 죽은 아들의 모습도 걱정이었다. 자신 때문에 학교까지 불려갔다 온 엄마에게 미안해하며 고개 숙인 아들에게 말했다.

"세상에는 네 마음과 다른 사람들, 너와 다른 성격의 사람들도 많아. 그들과 함께 살아가는 방법을 배워야 해. 잘못한 일에 대해선 진심으로 사과하고, 벌을 받아야 한다면 그것도 겸허히 받아들여야 멋진 사람이야. 엄마는 언제까지나 우리 아들을 믿을 거야. 엄마는 항상 네 편이라는 사실을 잊지 마."

스승의 날이었다. 스승의 날은 선생님에 대한 존경과 사랑을 떠올려야 하는 특별한 날이다. 그런데 우리 작은아들은 반성문을 썼다. 아들이 등교 준비로 씻을 동안 전날 밤에 써 놓은 반성문을 몰래 읽었다. 가슴이 울컥했다. 아직 어린 줄만 알았던 아이가 자신의 깊은 생각을 이렇게까지 잘 표현하다니 믿기지 않았다. 이

번 일로 생각이 좀 더 넓어지지 않을까 하는 기대를 품게 했다.

아들의 반성문은 자유로운 집안 분위기에 관한 이야기로 시작했다. 잘못해서 지적받는 일이 드물었기에 학교의 규율을 따르기가 쉽지 않았다는 것이다. 특히 학년이 올라갈수록 선생님의 지적이 많아졌고 불만이 쌓여 자기도 모르게 실수를 했다는 내용이었다. 앞으로는 같은 실수를 반복하지 않도록 노력하겠다는 말로 반성문을 마무리했다.

무조건 잘못했다는 말보다는 자신이 왜 그런 행동을 했는지 되돌아보고 진심으로 반성하는 글을 보니 아들에 대한 믿음이 깊어졌다. 남편에게도 살짝 보여주었다. 입가에 미소가 번졌다. "책도 안 읽으면서 반성문은 잘 썼네. 우리 아들 많이 컸어." 하며 남편은 기분 좋게 출근했다.

자식은 부모를 수시로 들었다 놨다 한다. 큰일이 터진 것처럼 죽을 것 같다가도 금세 아무것도 아닌 일이 되어버린다. 자식 때문에 울고 웃다 보면 세상의 모든 부모가 대단하다는 생각이 든다. 그들의 약한 등이 참으로 안쓰럽고 사랑스럽다.

아들에게 쓴 편지

자신만의 걸음걸이와 속도로

어떤 방향이든 무엇을 원하든지

그것이 자랑스럽든, 어리석든, 무엇이든지

영화 『죽은 시인의 사회』

2001년 가을, 너를 낳고 걸음마에, 옹알이에 모든 것이 신기했어. 네가 엄마라고 처음 불러줬을 때 정말 눈물이 날 지경이었지. 세상의 신비로움을 알려준 우리 아들이 어느새 아빠보다 훌쩍 더 커버렸고, 수능시험까지 본다고 하니 뭉클한 감정을 어떻게 표현해야 할지 모르겠구나.

어떤 엄마는 백일기도를 드리고, 어떤 엄마는 고3 내내 비싼 보약을 먹이고, 또 매년 TV 뉴스에서는 시험장 앞에서 수능시험이 끝날 때까지 자리를 떠나지 않고 두 손 모아 기도드리는 엄마들의 모습을 보여주곤 했지. 그런데 엄마는 따뜻한 밥 차려준 것밖에 달리 한 게 없는 것 같아 미안한 마음이 드네.

엄마가 너무 수선 떨면 우리 아들이 부담스러워할까 봐 그랬다는 핑계를 댈 수밖에 없구나. 늦잠을 자도, 밥맛 없다고 수저를 놓아도 잔소리하지 않으려고 최대한 애를 썼는데 혹시 서운한 건 없었는지 이제 와 마음이 쓰이네.

지금 와서 돌이켜보면 널 키우는 일이 마냥 행복한 것은 아니었어. 때로는 서운하기도 했지. 하지만 네가 고3이 된 후로는 엄마가 신경 쓰고 잔소리할 일이 없었어. 빨리 진로를 정하고 흔들림 없이 성실하게 입시를 준비한 우리 아들이 너무 대견해. 그래서 엄마는 정말 고마워.

100% 실력을 발휘해서 원하는 대학에 합격하길 바라는 마음은 모든 수험생 엄마가 똑같을 거야. 엄마의 마음도 크게 다르지 않아. 하지만 엄마는 그보다 의연해지기 위한 연습을 하고 있어. 그러니 너무 부담 갖지 않았으면 해.

단 한 번의 시험으로 네 모든 노력과 고생을 평가받는다는 사실이 너무 안타까워. 사람의 일이란 것이 바라는 대로 되기보다는 그렇지 않을 때가 더 많다는 걸 엄마는 살면서 뼈저리게 느꼈어. 그래서 이번에는 최대한 욕심을 내려놓고 어떤 결과가 나오더라도 아쉬워하거나 섭섭해하지 않으려고 해.

엄마가 누누이 말했지만 4년제 대학교에 들어가는 것이 네가 선택할 수 있는 유일한 길은 아니야. 어떤 결과가 나오더라도 겸허하게 받아들이고 그 결과에 따라 현명한 선택을 하면 되는 거야. 네 곁에는 너의 선택을 믿고 지지하는 엄마와 아빠가 있어. 그러니까 절대로 혼사 힘들어하지 말고 어떤 일이든 함께 의논하고 해결해 나가자.

큰일을 앞둔 우리 아들의 부담감을 대신할 수 없는 엄마가 해줄 수 있는 일이라고는 이렇게 편지로 응원하는 것밖에 없구나. 아무튼, 컨디션 조절 잘해서 최선을 다해 시험 보고, 내일 저녁에는 모든 근심, 걱정 다 잊고 가족과 함께 좋은 시간 보내도록 하자.

아들! 사랑하고, 사랑하고, 사랑한다.

우리 아들을 생각하며 이 짧은 글을 쓰는데 자꾸만 눈물이 나려고 하네. 엄마 참 주책이다.

그 어느 때보다 간절한 마음으로 우리 아들의 몸과 마음을 걱정하는 엄마가.

위기일수록 강해지는 사람

이 세상 사람들 모두 잠늘고
어둠 속에 갇혀서 꿈조차 잠이 들 때
홀로 일어난 새벽을 두려워 말고
별을 보고 걸어가는 사람이 되라.
희망을 만드는 사람이 되라.
📖 정호승, 〈희망을 만드는 사람이 되라〉

수능날 아침은 분주했다. 아들의 아침 식사를 준비하고 점심 도시락을 쌌다. 식사를 마친 아들을 차에 태워 시험장까지 데려다주었다. "부담 갖지 말고 편하게 봐. 밥 꼭꼭 씹어 먹고, 시험 끝나면 엄마한테 전화해. 근처에서 기다리고 있을게." 알았다며 돌아서는 아들의 어깨를 두드리는데 눈물이 왈칵 쏟아졌다. 교실로 향하는 아들의 뒷모습이 보이지 않을 때까지 한참을 서서 지켜보았다. 아들이 교실로 들어가고 나자 갑자기 무서운 한기가 몸을 감쌌다. 그제야 5년 만에 찾아온 수능 한파라는 일기예보가 떠올랐다.

시험을 끝낸 아들에게 무슨 말을 해줘야 하나 걱정이 앞섰다. 아들이 어떤 결과에도 상처받거나 위축되거나 절망하지 않기를 바라는 마음뿐이었다. 홀가분한 마음으로 환하게 웃으며 나오는 아들의 모습을 바라는 마음이 간절하지만, 시험이 어려워 생각만큼 잘 보지 못했더라도 엄마의 토닥임과 응원으로 다시 힘을 내는 아들이 되었으면 싶었다.

세상에 이렇게 간절한 마음이, 이토록 질긴 사랑이 어디 있을까? 한 남자의 아내가 되고 두 아들의 엄마로 살면서 가끔은 답답하고 힘들고 억울했다. 그런데 수능시험 보는 큰아들을 생각하면서 엄마로 살고 있는 나 자신이 애틋하면서 좋아졌다. 엄마가 아니었다면 이런 마음을 어떻게 경험하고 이해할 수 있을까? '엄마'라는 단어에는 영원히 마르지 않는 눈물이 담겨 있는지도 모를 일이다. 늙고 병든 부모를 보살피는 딸로서 시도 때도 없이 눈물을 흘리더니, 아들을 둔 엄마가 되어서도 자꾸만 눈물이 나온다.

수능시험이 끝났다. 이제는 미술 실기시험 준비만 남았다. 모처럼 홀가분한 마음으로 평온한 하루를 보내고 있었다. 그런데 학교에서 돌아온 아들이 조심스럽게 말을 꺼냈다. 새벽에 가채점했는데 아무래도 이번 수능은 좋은 결과를 기대하기 어렵다는 것이었다. 이런 일에 대비해 단단히 마음먹고 있었지만, 현실로 받아들이기란 생각처럼 쉽지 않았다. 잠시 정적이 흘렀다.

머리가 텅 빈 것처럼 아무 생각도 나지 않았다. 수능시험을 끝내고 저녁을 먹으면서 아들에게 결과에 상관없이 수고했다고 말했다. 어떤 결과가 나오든 함께 의논하고 현명한 선택을 하자고 멋지게 소리쳤다. 수선 떨지 않고 담담하게 수능시험을 마친 큰아들이 대견하기까지 했다. 그런데 하루 만에 나는 흔들리고 있었다. 길 잃은 아이처럼 불안했고 목소리는 떨렸다. 어느새 눈에 눈물이 고였다.

집에만 있는 엄마에게 아들의 진로 결정은 쉽지 않은 일이다. 하지만 미안하다고 말하는 아들에게 약한 모습을 보여서는 안 된다고 생각했다. 엄마가 먼저 힘을 내야 했다. 눈물을 삼키며 약해지려는 마음을 가슴 깊이 꾹꾹 눌렀다. 단단한 이성의 힘이 필요했다. 가족이 함께 힘을 모으면 분명히 길이 있을 거라며 자신을 다독였다. 위기는 기회라고도 하지 않던가. 엄마는 위기일수록 더 강해지는 사람이다.

재수생 엄마

내가 아는 좋은 부모의 특징은 대부분 덜 침견한다는 공통점이 있다.
디테일에 집착하기보다는 전체적인 조화나 균형을 바라보면서
꼭 나서야 할 곳에만 나서는 중용의 묘를 보여주는 것이다.
잘못 갈 길이 빤히 보여도 눌러 참으며
다시 되돌아오길 기다려주는 게 보통 일인가.
📖 백영옥, 『빨강머리 앤이 하는 말』

아들과 나는 걱정했던 것보다 빨리 안정을 되찾았다. 아들은 그동안 못 만났던 친구들과 늦게까지 놀다 오기도 하고 잠도 실컷 잤다. 수능시험 성적이 기대에 미치지 못한 것 같다는 말에 잠시 흔들리기도 했지만, 이제 갓 스무 살이 된 아들의 앞날을 생각하면 절망에 빠져 있을 시간이 없었다. 물속에 잠겼다가 따뜻한 햇볕에 다시 빳빳해진 옷처럼 나는 정신을 차리고 다시 현실로 돌아왔다.

큰아들은 미술학원을 가는 대신 아르바이트를 알아보았다. 나 역시 한두 달 머리 식히는 셈 치고 몸 쓰는 일을 해보는 것도 좋지 않을까 생각했다. 아들은 공부하라고 재촉하지 않는 엄마의 반응이 싫지 않은 모양이었다. 힘든 식당 일이라도 할 자신이 있다고 했다. 시험 성적이 나쁘다고 축 처져 있기보다는 빨리 마음을 정하고 나니 나도 아들도 마음이 편해졌다.

남편은 아들 통장에 용돈을 넣어줬다. 얼마를 넣어줬는지 내게 말하지 않는 거로 봐서 꽤 두둑하게 준 모양이었다. 나도 굳이 얼마 줬냐고 물어보지 않았다. 아빠의 배려에 여유가 생긴 아들은 가족을 위해 아이스크림을 한 보따리나 사 왔다. 표정도 밝아졌고, 안방으로 건너와 식구들과 함께 보내는 시간도 많아졌다.

얼마 후 아들은 재수를 결정했다. 가고 싶은 대학과 학과가 분명해졌다고 했다. 그동안 공부를 제대로 못 한 것이 아쉽고 미련이 많이 남는다고도 했다. 철저히 준비해서 다시 도전하고 싶다는 의지를 보였다. 마냥 환영할만한 일은 아니었다. 아들과 나 모두에게 힘든 시간이 될 거라는 걱정이 앞섰다. 재수한다고 결과가 좋을 거라는 확신도 없었다. 하지만 아들의 결정을 받아들이

기로 했다. 아들은 재충전의 시간을 가졌고, 나는 그런 아들을 조심스럽게 지켜보았다.

재수생 아들의 엄마로서 느끼는 긴장감은 고3 때보다 덜했다. 아니, 아들의 수능시험 결과를 크게 기대하지 않았다는 것이 더 솔직한 표현일지도 모르겠다. 일 년 동안 아들을 지켜보며 공부에 대한 열정이나 의지가 약하다는 것을 확인했다. 하고자 하는 당찬 포부는 있지만 절박함이 없었다. 엄마로서 지켜보기 힘들 때도 많았다. 그래도 아들과 나는 큰 갈등 없이 1년을 보냈다.

아들에게 운이 따르기를 바랐다. 열심히 공부하지는 못했어도 정신적으로 무척이나 힘겨운 일 년이었다. 스트레스성 탈모까지 생겼으니 말이다. 나는 마지막 결과가 절망스럽지 않기만을 바랐다. 어떤 결과에도 흔들리지 않는 엄마의 모습을 보여주고 싶었다. 아들의 어깨를 잡아주며 고개 들어 앞을 보게 해 줄 엄마가 곁에 있다는 사실을 알려주고 싶었다. 엄마는 언제나 아들보다 먼저 일어나고, 먼저 울고, 먼저 웃어야 하는 사람이다. 김수영의 시 〈풀〉처럼 아들에게 지치지 않는 생명력을 보여주는 엄마가 되고 싶었다.

씩씩한 엄마가 되기로 마음먹다

자식 걱정이 하루 이틀에 끝날 일이 아니란 것쯤은
이미 여러 번 '속아봐서' 안다. 젖병 떼면, 병치레 끝나면, 입시 끝나면,
취업하면, 결혼하면 끝나겠지 하는 자기 위로에 지쳐갈 때쯤
자식이 손주를 안고 문지방을 넘어 들어오는 게
자식을 키우는 일이라고 했으니까.
이주희, 『조금 알고 적당히 모르는 오십이 되었다』

재수생 아들이 두 번째 수능시험을 보러 가는 날, 고3 때처럼 새벽 5시에 일어나 아침을 준비하고 점심 도시락을 쌌다. 아들은 평소와 다름없이 일어나라고 깨우는 엄마의 채근에 몇 번을 뒤척이다 힘겹게 일어났다. 평소처럼 샤워하며 음악을 틀어놓고 흥얼거리기까지 했다. 아침을 먹으면서도 여느 때처럼 유튜브를 보며 시시덕거렸다. 긴장하지 않는 아들의 모습을 보니 걱정보다 대단하다는 생각이 들었다.

샤워하고 머리도 말리지 못한 채 아들의 도시락을 들고 남편 차에 올라탔다. 시험장으로 가는 내내 아무 말도 하지 못했다. 학원에서 아이들을 가르칠 때는 "시험 볼 때는 이렇게 해야지!" 하며 큰소리 뻥뻥 치던 선생님이었는데 어째서인지 아들 앞에서는 입을 열지 못했다. 겨우 한다는 말이 "옷은 여러 겹으로 껴입고 왔어?"였다.

시험장에 도착하니 아들은 내리자마자 먼저 가라고 했다. 아들의 채근에 교문 안으로 들어서는 모습도 보지 못하고 돌아서야 했다. 마음이 놓이지 않아 뒤를 돌아보니 담배 피우는 남자아이들 무리에 아들이 서 있었다. 같이 재수하던 친구들인 듯했다. 다행히 아들이 담배를 피우는 것 같지는 않았다. 혼잣말로 "재수하는 아이들은 수능날 담배를 피우고 시험장에 들어가기도 하네." 했더니 남편은 "이젠 성인이니까." 하며 대수롭지 않게 대꾸했다. 나는 "그렇지. 나이로는 성인이지." 하며 말끝을 흐렸다.

차 안으로 햇살이 비추었다. 작년보다 포근해서 다행이었다. 그런데 갑자기 눈물이 흘렀다. 왜 눈물이 났는지 모르겠다. 문득 돌아가신 아빠가 생각났다. 엄마가 계신 요양병원도 아들의 시험장에서 멀지 않았다. 자식 낳아 키워봐야 부모의 마음을 알게 된다는 어른들의 말이 가슴 깊이 다가왔다. 엉뚱하게도 재수생 아들이 시험 보는 날 '엄마, 아빠한테 더 잘할걸'하는 때늦은 후회가 밀려왔다.

집에 돌아와 아무 일 없는 듯 드라마를 보면서 아들이 남기고 간 반찬으로 아침밥을 먹었다. 바로 그때 드라마에서 내 귀를 자극하는 대사가 흘러나왔다. 하는 일이 잘되지 않아 어깨를 늘어뜨리고 있는 손녀에게 할머니가 말했다. "넌 코스모스야. 지금은 아직 봄이고. 기다렸다 가을이 되면 너는 예쁘게 활짝 필 거야." 아들한테 직접 말하지 못했지만, 아들의 불안한 현재를 바라보는 내 마음도 똑같았다.

'아들, 지금은 아직 봄이야. 우리 아들이 꽃피울 그 날까지 엄마는 언제까지나 기다릴 거야'

아들의 시험 결과는 좋지 않았다. 어느 정도 예상했던 일이라 충격은 크지 않았지만, 또 고개 숙인 아들을 보는 건 편치 않은 일이었다. 아들의 고3 시절과 재수생 생활을 돌이켜보면 아들과 나는 몸도 마음도 고생이 많았다. 고생 끝에 낙이 오면 좋으련만 아직은 아니었다. 아들의 마음을 위로하며 내 마음도 약해지지 않도록 단단히 붙잡아야 했다.

남편은 오랜만에 바람이나 쐬러 가자고 했다. 목적지는 월미도였다. 시원한 바닷바람에 정신이 번쩍 들었다. 남편과 이런저런 이야기를 나누자 무거웠던 마음도 한결 가벼워졌다. 어떤 상황에서도 차분하고 의연한 남편이 고마웠다. 혼자라면 힘겨웠을 시기에 둘이 함께여서 힘이 났다. 우리 부부는 소박하고 여유로운 노년을 상상하며 함께 웃었다. 그리고 두 아들이 독립할 때까지는 부모로서 최선을 다하자고 마음을 모았다. 자식이 길을 잃고 헤맬 때는 나침반이 되어 주고, 어두운 곳에서 두려움에 떨고 있을 때는 등대가 되어 주는 것이 부모의 역할임을 새삼 깨달았다. 나는 더 씩씩한 엄마가 되기로 마음먹었다.

제주도 한 달 살기

진정한 호사란 내가 어떤 인생을 살 것인가,

그 삶의 방식을 정하는 자유일 것이다.

임경선, 『교토에 다녀왔습니다』

생각만으로도 가슴 떨리는 일이었다. 두 아들과 셋이서 제주도 한 달 살기를 결심했다. 일하지 않는 여자로 첫발을 내디딘 그해, 크리스마스 연휴를 앞두고 남편과 상의했다. 생각 외로 결정은 빨랐다. 두 아들도 싫은 내색하지 않고 따라나서겠다고 했다. 이렇게 해서 제주도 한 달 살기가 시작되었다.

가장 먼저 한 일은 제주도에 관한 책을 읽는 것이었다. 책으로 정보를 습득한 나는 카페에 가입하여 따뜻하고 친절한 분이 운영하는 숙소를 구했다. 비교적 저렴한 평일 항공권도 예매했다. 렌트를 하지 않고 탁송 서비스로 내 차에 짐을 가득 실어 먼저 제주도로 보냈다. 일이 착착 진행되는 상황을 보며 남편은 놀라워했다. 홀로 남을 남편이 걱정이었지만, 남편도 간만에 혼자만의 시간을 만끽할 수 있으니 싫지는 않을 거라 생각했다. 남편을 남겨두고 셋은 제주행 비행기에 몸을 실었다.

제주도에서 생활하는 내내 두 아들과 얼굴 맞대고 많은 이야기를 나누었다. 한 달 동안 생활하면서 두 아들과 나눈 대화는 그전까지 함께 한 시간, 같이 나누었던 대화를 모두 합한 것보다 많았다. 내가 미처 몰랐던 아이들의 표정과 버릇에 놀랐고, 내직으로나 외적으로 훌쩍 커버린 아이들이 마냥 신기했다. 서로를 좀 더 깊이 알 수 있는 소중한 시간이었다.

제주도 한 달 살기를 하면서 '내가 이렇게 행복해도 되는 걸까' 하는 생각이 문득문득 들었다. 집에 혼자 있을 남편을 생각하니 미안하기도 했다. 하지만 그때까지 힘들게 보낸 날들의 보상이라고 생각했다. 곁에 있는 두 아들의 행복해하는 모습을 보며 나 역시 기뻤고 아이들이 너무도 사랑스러웠다. 세상에서 가장 행복한 여자가 된 듯 더는 부러울 게 없었다.

그렇다고 한 달을 흥청망청 쓰려고 온 것도, 현실을 외면하려고 온 것도 아니었다. 제주도에서 보낸 한 달은 일상에서 벗어나 나를 되돌아보고 두 아들과 가까워지는 시간이었다. 굳이 제주도를 선택한 이유는 산과 바람, 그리고 바다와 같은 자연이 있었기 때문이고, 자연과 닮은 사람들이 있었기 때문이다. 제주도는 가장 자연스러운 본연의 모습을 마주할 좋은 기회이자 장소였다.

제주도에 있으면 누가 어떤 옷을 입고 있는지, 어떤 차를 타는지, 몇 평에서 사는지 따위는 신경 쓰지 않는다. 남의 시선을 의식하지 않는, 그야말로 내가 진정으로 하고 싶은 대로 하며 지내는 그곳에서의 시간은 나를 더 성숙하게 했다. 다시 일상으로 돌아가더라도 이 느낌만큼은 지키며 살겠다고 다짐했다. 내가 원하는 진짜 인생을 설계하기로 마음먹었다.

제주도 한 달 살기에서 가장 기억에 남는 일은 단연 한라산 정상 등반이다. 강풍과 폭설로 결항, 회항, 지연을 경험하고 겨우 제주도에 도착한 남편과 멀리서 찾아와 준 시동생까지 함께한 등반이라 더 의미가 깊었다. 제주도 사람들도 폭설 후 한라산 정상 등반은 신이 내려주신 기회라고 했다.

정상에 오르기까지 5시간이 걸렸다. 하지만 힘들기는커녕 신선이라도 된 듯 발걸음은 오히려 더 가벼워졌다. 발아래에 구름이 걸려 있었다. 어디까지가 눈 덮인 산이고 어디부터가 하늘인지 도무지 알 수 없었다. 탐스러운 눈꽃도 우리를 반겨주었다. 그야말로 겨울왕국에 도착한 기분이었다. 너무나 과분한 자연의 선물이었다. 어디에서도 볼 수 없었던 아름다운 풍경에 입이 떡 벌어졌다. 그날의 한라산 겨울 산행은 절대로 잊을 수 없는 소중한 추억이 되었다.

제주도 한 달 살기를 생각한다면 사진뿐만 아니라 기록으로 남길 것을 추천한다. 나는 블로그에 제주도 한 달 살기 첫날부터 마지막 날까지 하루도 빠짐없이 기록을 남겼다. 그리고 여행 후기까지 올렸다. 날씨와 장소, 그때그때 느꼈던 기분까지 꼼꼼하게 기록했다. 이렇게 쌓인 기록은 영원히 추억으로 남아 지금도 대화의 소재가 되고는 한다.

긴 여행에서 일상으로 돌아왔을 때 여운이 남아 쉽게 적응하기 어려워질 줄 알았는데 오히려 일상의 모든 것들이 보고 싶어졌다. 여행은 돌아갈 집이 있기에 아름다운 것일지도 모른다. 김포공항에 도착하니 함박눈이 우리를 맞이해 주었다. 제주도 한 달 살기의 추억과, 조금은 성숙해진 나의 마음과, 반가워하는 가족들의 표정이 함박눈처럼 예뻤다. 제주도를 떠났지만, 제주도에서 품었던 다짐을 기억하고 잊지 않을 것이다. 다음에는 남편과 좀 더 오래 제주도에서 지낼 수 있기를 바라본다.

제주도 한 달 살기를 끝내고 돌아와 다이어리를 펼쳤다. 다이어리에는 '제주도에서 이루고 싶은 것들'이라는 제목으로 적어둔 글이 있었다. 정작 제주도에서는 그 글을 읽지 못했지만, 써놓은 것들을 대부분 이루었다. 너무 신기했다. 애쓰지 않았는데 바라던 것들을 무리 없이 해냈다는 사실이 놀라우면서도 대견했다. 제주도 한 달 살기로 삶을 느긋하게 바라보게 되었다. 두 아들과 남편, 그리고 나의 성장과 변화를 설레는 마음으로 기다릴 수 있는 여유가 생겼다. 낯설지만 반가운 변화였다.

마지막으로 제주도에서 살며 했던 일들을 여기에 정리해둔다.

나처럼 제주도 한 달 살기를 도전해 보려는 사람에게 작은 도움이 되면 좋겠다.

1. 매일 기록
2. 한라산 등반
3. 제주도 요가
4. 성산 일출봉에서 혼자 해맞이
5. 눈과 비에 발이 묶인 날, 두 아들과 온종일 뒹굴뒹굴
6. 공공 도서관 이용하기, 제주도의 독특한 서점 찾아다니기
7. 무작정 걷기

이 일곱 가지는 내가 해 본 일 가운데 가장 좋았던 것들이다. 꼭 무언가를 하려고 하기보다 하지 않아도 되는 여유를 즐겼으면 좋겠다. 제주도 한 달 살기의 목적은 관광이 아니라 '잠시 멈춤'임을 잊지 않았으면 한다.

유쾌한 주용씨의 독서 레시피 ①

수 클리볼드의 『나는 가해자의 엄마입니다』

반비, 2016

1999년 컬럼바인 고교 총기 난사 사건의 범인 2명 중 한 명인 딜런의 엄마, 수 클리볼드가 쓴 책이다. 미국 컬럼바인 고등학교에서 평소 '트렌치코트 마피아'라 자칭하던 에릭과 딜런 두 학생이 900여 발의 총알을 난사해 학생 12명과 교사 1명을 죽이고 스스로 목숨을 끊었다. 사건 발생 17년 후 딜런의 엄마는 가장 고통스러운 기억을 꺼내 책을 썼다.

어느 날 갑자기 악마, 괴물이 되어버린 아들을 어떻게 받아들일 수 있을까? 어제까지 아무렇지 않은 얼굴로 함께 식사하며 엄마에게 미소 짓던 아들이 수많은 사상자를 낸 사건의 가해자가 되었고, 그 자리에서 스스로 목숨을 끊었다. 더 놀라운 사실은 엄마가 기억하는 아들은 다른 아이들과 크게 다르지 않은, 지극히 평범한 고등학생이었다는 점이다.

딜런은 사이코패스도 아니었고, 그렇다고 학대를 받으며 자란 우울한 아이도 아니었다. 정신적 질환도 없었다. 차라리 그랬다면 일말의 위안이라도 삼을 수 있겠지만, 딜런은 그야말로 평범하게 자랐다. 딜런의 엄마는 조심스럽고 이해심 많은 사람이었다. 약자를 위해 봉사하고 이웃에 친절했다. 누가 보아도 선량한 모범 시민의 모습이었다. 그런 엄마의 아들이 살인을 계획하고 자살을 생각했다는 사실은 이 사건을 바라보는 많은 사람에게 큰 충격을 주었다.

수 클리볼드는 아들의 행동에 어떤 계기가 있을 거로 생각했다. 나라도 그랬을 것이다. 그녀는 아들이 약물을 했거나 불량한 친구들의 부추김에 넘어가 어쩔 수 없이 그런 행동을 했을 것으로 생각했다. 아들이 독단적으로 선택한 일은 아닐 거로 믿었다. 그래야 참혹한 상황을 조금이라도 견뎌낼 수 있을 테니까. 하지만 철저하게 계획된 범죄 행위였음이 고스란히 드러난 녹화 테이프가 발견되자 그녀의 바람은 산산이 부서졌다. 영상에는 그토록 사랑스러웠던 아이의 모습은 온데간데없이 낯선 모습의 아들이, 사람들을 향한 분노로 가득한 살인마가 있었다.

책을 읽는 내내 가슴이 먹먹했다. 두려움에 손이 떨리고, 눈물이 왈칵 쏟아졌다. 나는 과연 우리 두 아들을 얼마나 잘 알고 있을까? 괜찮은 엄마라고 생각하며 살았지만, 나만의 착각은 아닐까? 도무지 자신이 없었다. 책을 끝까지 읽기 힘들 만큼 고통스러웠다. 하지만 책을 놓지 못하고 끝까지 읽을 수밖에 없었던 이유는 아들에게 일어난 기억하고 싶지 않은 참혹한 사건을 쓰기로 한 수 클리볼드의 용기 때문이었다. 비록 살인자의 엄마지만 수 클리볼드는 이 세상 엄마들에게 가슴 절절한 메시지를 전하고자 했다.

수 클리볼드는 어쩌면 지금 우리 아이들이 엄마의 도움을 간절히 원하고 있을지도 모른다고 말한다. 내 아이의 내면에 좀 더 주의를 기울여야 한다고 강조한다. 눈에 보이는 것이 다가 아니라는 것이 수 클리볼드의 메시지다. 사랑하는 아들을 잃고 막막한 고통의 길을 걸어간 엄마의 진심 어린 걱정과 조언의 목소리를 들으며 많은 것을 생각했다. 내 속으로 낳은 자식이니까 엄마인 내가 가장 잘 안다는 오만을 버리기로 했다.

수 클리볼드는 자식이 한 행동이 아무리 잘못되었더라도 자식이기에 남들처럼 손가락질할 수 없다는 사실을 보여주었다. 엄마라면 수 클리볼드의 마음만큼은 공감할 수 있으리라. 책을 읽으며 우리 아이들을 생각했다. 아이들 때문에 힘들 때도 있지만, 괜찮은 환경을 만들어 주려고 노력했고 최선은 아니지만 그럭저럭 잘 해왔다고 생각했다. 하지만 아이들의 깊은 곳까지 이해했다고 자신할 수는 없다. 수 클리볼드의 이야기는 아이들을 어떻게 바라봐야 하는지 그 길을 알려준다. 겉으로 보이는 것이 전

부인 양 생각했던 어리석은 지난날을 반성했다. 자식을 키우는 엄마라면 한 번쯤 읽어봐야 할 좋은 책이다.

함께 읽으면 좋은 책

▶ 『엄마도 아들은 처음이라』, 안정현, 꿈지락, 2019

▶ 『당신의 아들은 게으르지 않다』, 애덤 프라이스, 갈매나무, 2019

2장

남자의 여자,
그리고
엄마의 딸

남자와 여자

부부란 어떤 이름으로도 잴 수 없는
백 년이 지나도 남는 암각화처럼
그것이 풍화하는 긴 과정과
그 곁에 가뭇없이 피고 지는 풀꽃 더미를
풍경으로 거느린다.

📖 문정희, 〈부부〉

가벼운 삶을 살아가던 여자와
무거운 삶을 견뎌내며 살던 남자가 만났다.
모두 어울리지 않는다고 했다.
하지만 자유롭고 싶던 여자는 묵묵히 기다려준
표정 없는 남자와 결혼했다.
둘은 가난했어도 건강하고 착했다.
여자는 남자의 작은 방에서 시부모, 시동생과 한 가족이 되었다.

시간이 흐르고 식구도 늘어났다.
넓은 공간이 필요했다.
큰 집으로 옮겨 가기 전 시어머니가 갑자기 돌아가셨다.
시아버지는 작은 집에 홀로 남았고
남자와 여자는 큰아들과 갓 태어난 아기를
데리고 큰 집으로 옮겼다.
여자의 마음이 흔들릴 즈음 시아버지도 세상을 떠났다.
네 식구는 다시 작은 집으로 돌아왔다.

20년이라는 세월이 흘렀고,
그 속에서 많은 이별과 만남이 있었다.
그동안 여자는 단 한 번도 가벼울 수 없었다.
결혼생활은 한없이 무겁기만 했다.
하지만 이제 여자는 무게를 감당해낼 나이가 되었다.
날개 달린 옷을 감추는 대신
변함없는 산처럼 여자의 손을 잡아 준 남자 덕분이다.

무표정하던 남자는 잘 웃기 시작했고, 말도 많아졌다.
서로를 지켜보며 울고 웃던 20년,

철없던 여자와 서툴렀던 남자가 어느새 중년이 되었다.

남자와 여자를 지켜보던 사람들은

이제야 잘 어울리는 한 쌍이라고 말한다.

돌이켜보면 평탄했던 순간보다 굴곡이 더 많았지만

이만하면 괜찮은 삶이 아닐까?

우리 그냥 웃으며 삽시다

사랑으로 시작하고 우정으로 관계하라.

누다심, 『엄마의 첫 심리 공부』

한동안 거실 바닥에 이불을 깔고 잤다. 가끔 남편이나 둘째가 내 옆에서 같이 잘 때도 있었지만 주로 혼자 잤다. 언제부터인가 방에서 잠을 자는 게 답답했다. 처음에는 남편이 서운해하면 어쩌나 신경 쓰였다. 걱정과 달리 남편은 그저 갱년기 증상이거니 생각하는 것 같았다.

40대 초반까지만 해도 부부는 반드시 한방에서 자야 한다고 생각했다. 심하게 싸우지 않는 이상 부부는 한 이불을 덮고 자는 게 정상이라고 철석같이 믿었다. 가끔 남편의 팔을 베고 잘 때가 있었다. 그럴 때면 금실 좋은 부부라도 된 마냥 흐뭇했다. 10분도 채 지나지 않아 금방 제자리로 돌아올지라도 말이다.

이제 우리 부부는 따로 자는 것이 편하다는 사실을 인정할 만큼 나이를 먹었다. 한방에서 자지 않는다고 해서 부부관계가 좋지 못할 거라는 생각은 착각이다. 오히려 불편을 감내하며 한 이불을 덮고 자는 것보다 하루의 마무리를 편하게 하는 편이 더 좋을 수도 있다. 같이 자지 않는 대신 남편과 함께 식사하는 시간을 늘렸다. 금실은 더 좋아졌다. 서로 존중하고 아끼며 사이좋게 노년을 맞이하는 우리 부부의 모습을 상상하니 기분이 좋았다.

갱년기가 찾아올 거라는 생각을 해 본 적이 없었다. 그러던 어느 날 덥다가 춥기를 반복하더니 갑자기 정수리부터 땀이 나기 시작했다. 어쩌다 거울을 보면 얼굴이 벌겋게 달아올라 있었다. 볼 화장을 할 필요가 없을 정도였다. 밤에도 한두 번씩 깨곤 했다. 한 번 눈을 뜨면 쉽게 잠들지 못했다. 이리저리 뒤척이다 보면 어느새 아침이었다. 잠을 잘 자지 못하니 몸은 항상 피곤했다. 예전처럼 하루에 여러 가지 일을 소화하는 게 버거웠다.

달라진 나를 인정하는 데 꽤 오랜 시간이 걸렸다. 곧 괜찮아질 거라고 자신하며 몸 상태가 원래대로 되돌아오기를 기다렸다. 평소 잘 먹고 운동도 열심히 했으니 갱년기라는 것도 나를 비켜 갈 거라고 굳게 믿었다. 하지만 남과 다를 거라는 생각과 달리 내 몸의 변화를 받아들여야 한다는 사실을 깨달았다. 나는 백기를 들고 말았다.

나이를 거꾸로 먹을 수는 없다. 나이가 들면 몸은 약해지고 예상하지 못한 병이 찾아오기 마련이다. 예전 같지 않은 몸을 겸허하게 받아들이고, 아픈 엄마를 챙기듯 약해진 몸을 보살피며 사는 수밖에 없다. 본인이 암에 걸렸다고 밝힌 이어령 선생님은 '암과 투병을 하는 것이 아니라 친병을 한다'고 했다. 나도 이어령 선생님처럼 나이 들어가는 몸과 친해지기로 마음먹었다.

"주용아"

어느 날 새벽, 잠에서 깬 남편이 평소와 다른 목소리로 내 이름을 나직이 불렀다. 가슴이 철렁했다. 한참을 대답도 못 하고 누워만 있었다. 남편도 내 이름만 불러놓고 더는 말이 없었다.

"왜……?"

남편이 무슨 말을 하려는지 두려워 조심스럽게 대답했다.

"우리 잘 살고 있는 걸까?"

"그럼!"하고 밝게 대답하고 싶었지만, 선뜻 말이 나오지 않았다. 남편의 불안한 마음을 위로해주면 좋았을 텐데, 그때는 나도 확신이 없었다. 내가 지금 옳은 길로 가고 있는 건지, 우리 가족은 지금 잘 살고 있는 건지 장담할 수 없었다.

연애하고 결혼식을 올릴 때만 해도 남편과 나는 20년 후 지금의 모습을 상상하지 못했다. 아마 지금보다는 훨씬 여유롭고 편안한 중년을 맞이할 거라 기대했는지도 모른다. 열심히 산다고 살았지만, 뿌듯할 때보다는 힘겨울 때가 더 많았다. 나이는 먹고, 체력은 떨어지고, 가진 것도 넉넉하지 않았기에 가족이라는 울타리가 때로는 부담스러웠다. 그래도 가족이 재산이고 살아가는 힘이다. 남편도 내 마음과 같을 거라고 믿었다. 아침에 일어나 전날 과음한 남편에게 누룽지를 끓여주며 노인네처럼 말했다.

"이래도 한세상, 저래도 한세상, 우리 그냥 웃으며 삽시다."

여자는 외로워

각자 지닌 것을 사랑하고 즐기며 저마다 처한 삶의 환경에서 좋은 면을
찾는 것, 더 행복해 보이는 사람을 바라보기보다 자기만의 행복을
완성하는 데 집중하고 최대한 활용하려고 하는 것,
이것이 행복의 가장 솔직한 모습이다.

📖 에밀리 뒤 샤틀레, 『샤틀레 행복론』

눈을 뜨니 새벽 5시였다. 블로그에 글을 쓰고 책을 몇 장 읽었다. 남편은 전날 과음으로 늦게 귀가했다. 지방에서 오랜만에 올라온 시동생 역시 밤새 친구와 술을 마시고 새벽에 들어왔다. 두 아들도 늦게까지 놀다 잠들었다. 샤워하고 앞치마를 두른 후 시장에서 봐온 음식 재료를 꺼냈다. 닭고기와 물오징어를 손질했다. 조기 비늘을 벗긴 후 씻어서 채반에 널고 나니 배가 고팠다. 어제 먹다 남은 물김치와 고추장을 밥에 넣고 쓱쓱 비벼 먹었다.

싱크대 안에는 어젯밤 아이들이 끓여 먹은 라면 냄비와 그릇들이 쌓여 있었다. 설거지하는데 다리가 저렸다. 설거지가 끝나는 대로 잠시 쉬어야겠다고 생각했다. 남편은 그제야 일어나 방문을 열고 나왔다. 퉁퉁 부은 남편의 얼굴이 밉살스러웠다. 차라리 안 보는 게 낫겠다 싶어 설거지에 집중했다. 욕실로 들어간 남편이 내는 소리에 얼굴이 잔뜩 찌푸려졌다. 소리가 새어 나오지 않도록 욕실 문을 꽉 닫았다.

과음한 남편과 시동생이 먹을 북엇국을 준비했다. 다시마, 멸치, 무를 넣고 육수를 끓이는데 이번에는 큰아들이 나왔다. 눈을 비비며 아침 반찬이 뭐냐고 물었다. 약간 짜증이 났지만, 아들에게 화풀이할 수는 없었다. "갈비찜하고 돈가스 남은 것하고 해서 줄게." 큰아들은 고기가 없으면 밥을 먹지 않았다. 식단은 늘 공부하는 큰아들 위주였다.

오전 내내 주방일로 힘들어서인지 아니면 집안을 어슬렁거리는 네 남자의 게으름이 보기 싫어서인지 집에 있기가 답답했다. 어쩌면 하고 싶은 일은 못 한 채 집안일에만 매달려 있는 내 꼴이 더 싫었을 수도 있다. 작은아들과 시동생이 먹을 음식을 준비해

놓고 주섬주섬 옷을 입었다. 빨리 집에서 벗어나고 싶었다.

남편은 어디 가느냐고 묻지도 않았다. 신혼 초였다면 내 기분은 안중에도 없는 남편의 태도에 화가 났을 것이다. 그런데 결혼 20년 차가 넘어가니 남편의 무관심이 오히려 편하게 느껴졌다. 상대방이 감정적일 때는 그냥 내버려 두는 게 더 낫다는 걸 자연스레 터득한 것이다. 게다가 남편은 평소에도 다른 사람의 감정을 궁금해하거나 다른 사람의 일에 깊이 관여하지 않는 편이다. 어떨 때는 무관심을 넘어 아내의 불편한 감정 표출을 피하고 싶어 하는 것처럼 보일 정도였다. 그러니 내가 알아서 자리를 피해 주는 것이 남편을 향한 배려일지도 모른다고 생각했다.

집에서 나와 동네 카페로 향했다. 커피 한 잔을 시켜놓고 구석에 앉아 소설책을 읽었다. 전에는 마음이 복잡하면 그 감정에만 매달려 있었지만, 이젠 다른 일을 할 수 있을 만큼 마음의 여유가 생겼다. 특히 소설책을 읽으면 복잡한 마음이 이야기 속으로 옮겨갔다. 단편소설 한 편을 읽고 나니 글이 쓰고 싶어졌다. 노트북을 켜고 그날 느꼈던 감정을 글로 쏟아냈다.

남편의 '후루룩 쩝쩝' 소리가 너무 듣기 싫고, 집안일은 정말 끝도 없어서 너무 힘들고, 남자만 있는 집에서 여자 혼자는 너무 외로우니 다시 태어난다면 남자로 태어나거나 결혼은 하지 않을 거라는 이야기를 거침없이 쏟아냈다. 속에 있던 감정을 풀고 나니 마음이 한결 가벼워졌다. 산뜻해진 마음으로 자리에서 일어났다. 마음이 풀어지자 식구들 저녁거리가 걱정되었다. 지금까지 있었던 일은 까맣게 잊고 '식구들 저녁은 또 뭘 해주나?'하고 고민하기 시작했다. 나는 별수 없는 전업주부였다.

미운 남편 하루 만에 내 편

인생에는 빈틈이 있기 마련이야.

그걸 미친놈처럼 일일이 다 메워가면서 살 순 없어.

영화 『우리도 사랑일까』

몸이 좋지 않았다. 몸살감기에 가벼운 우울증, 그리고 무기력증까지 겹쳤다. 이틀 동안 내 몸은 정상이 아니었다. 저녁 무렵 남편에게 문자가 왔다. 저녁 먹고 늦게 온다는 내용이었다. 두 아들의 저녁을 챙겨주고 나면 쉴 수 있다는 생각에 늦는다는 남편의 문자가 오히려 반가웠다. 초저녁부터 이불을 뒤집어쓴 채 인형을 안고 잠을 청했다.

문득, 영화 『비포 선셋』의 남자 주인공 제시가 떠올랐다. 제시처럼 남편도 나를 따뜻하게 바라봐 주면 얼마나 좋을까 하고 생각했다. 휴대전화를 꺼내 몸이 좋지 않아 먼저 잘지도 모른다는 문자를 남편에게 보냈다. 푹 쉬라는 짤막한 답변뿐이었다. 몸이 아플 때는 무심한 남편이 더 미워진다. 늦더라도 약 한 봉지 정도는 사 오겠지 기대하며 나도 모르게 잠이 들었다.

자는 내내 '끙끙' 소리를 냈다. 자다 깨기를 반복했다. 막내가 학원에서 돌아오는 소리가 들렸다. 방으로 들어오더니 차가운 손으로 내 어깨를 짚으며 "엄마, 나 왔어. 엄마 자는구나? 푹 자."하더니 이불을 당겨 덮어주었다. 참 다정한 아이이다. 나는 다시 잠이 들었다. 남편이 오는 소리, 막내와 이야기를 주고받는 소리가 어렴풋이 들려왔지만, 눈을 뜰 수가 없었다. 그렇게 깊은 잠에 빠져 들었다.

한창 자고 있는데 "왜 쳐?"하는 남편의 목소리가 들렸다. 몸을 뒤척이다 남편의 몸을 친 모양이었다. 등을 보이고 자는 남편의 한마디가 그렇게 서운할 수가 없었다. "미안! 옆에 있는지 몰랐어." 일부러 건드린 것도 아닌데 아픈 아내는 안중에도 없는 듯한 남편의 태도가 못마땅했다. 그냥 자려다 너무 괘씸해 한 마디 꺼냈다. "어쩜 말을 그렇게 서운하게 해?" 나는 이불을 챙겨 거실로 나왔다. 이불을 깔고 누워 잠을 청해 보지만, 잠은 이미 멀리 달아나버렸다.

예상했던 대로 남편은 나와 보지도 않았다. 좀 있으니 코까지 골았다. 남편은 '또 저러다 말겠지'하고 생각하는 것 같았다. 틀린 생각은 아니었다. 늘 그래왔으니까. 갱년기 여자라는 걸 인정한 이후로는 사소한 일들이 아픈 상처가 되곤 한다. 지금 나에게는 약보다 『비포 선셋』의 제시와 같은 따뜻한 눈길이 필요했다. 하지만 현실은 달랐다. 현실에 그런 낭만적인 눈빛은 없었다.

예상치 못한 일이었다. 일어나보니 노트북 옆에 약 봉투가 놓여 있었다. 남편이 전날 사다 놓은 것이다. 지난밤의 내 상처와 슬픔이 멋쩍어 당황해하고 있는데 잠에서 깬 남편이 다정한 목소리로 말했다. "아침저녁으로 한 알씩 먹으면 돼. 잘 챙겨 먹어." 나는 남편 얼굴도 쳐다보지 않고 퉁명스럽게 대답했다. "알았어, 고마워." 어제까지 미운 남편이었는데 하루 만에 내 편이 되었다.

인생은 드라마다. 오해와 갈등도 있고 이렇게 반전도 있다. 찰

리 채플린의 말처럼 멀리서 보면 희극이고 가까이서 보면 비극이다. 아주 사소한 일로 울고 웃는다. 인생의 자연스러운 굴곡이다. 다행인 것은 나이가 들수록 남편이 미운 날보다 내 편이라 든든한 날이 더 많아지고 있다는 점이다. 뭘 더 바라겠는가, 그거면 됐다.

남편이 덜 힘들면 좋겠다

내가 휘청거릴 정도로 힘들다면, 상대방이 나에게 편히 기대고 있다고 믿자.
내가 엄청나게 힘들면, 상대방의 고통은 그만큼 완화되고
상대방의 무거움은 그만큼 가벼워진다고.
강신주, 『한 공기의 사랑, 아낌의 인문학』

남편과 저녁 약속을 했는데 남편의 퇴근이 늦어졌다. 전화할까 하다가 더 급한 사람은 남편일 텐데 재촉하는 것 같아서 그만두기로 했다. 퇴근 시간을 훨씬 넘어 휴대전화가 울렸다. "배고프지?", "아니야, 괜찮아. 그런데 무슨 일 있어?" 아무 일도 없길 바라며 조심스럽게 물었다. "회사에 일이 좀 있었어. 가서 말해줄게. 되도록 빨리 갈 테니까 맛있는 거 먹자."

남편은 회사 일을 시시콜콜 말하는 사람이 아니다. 결혼 전 친

구들이 붙여준 별명이 '마운틴'일 정도로 어떤 일이 있어도 쉽게 흔들리지 않는 '산' 같은 사람이 바로 남편이다. 그런 남편의 목소리가 너무 가라앉아 있었다. 무슨 일이 생긴 것은 아닌지 걱정스러웠지만, 내색하지 않고 퇴근한 남편을 웃으며 맞았다.

"우리 뭐 먹을까?"

남편의 팔짱을 끼며 잘 하지 않던 애교를 부렸다. 남편은 어색해하면서도 싫지 않은 미소를 지었다. 매운탕 맛이 일품인 식당으로 자리를 옮겼다. 주문을 하고 남편이 먼저 이야기를 꺼낼 때까지 기다렸다. 메추리알 껍질을 까서 남편 앞에 놓인 그릇에 담아주었다.

남편은 회사에서 여러 가지 일을 맡아 한다. 그 가운데 민원 상담이 가장 힘들고 어려운 업무다. 대부분 돈과 관련된 불만 전화가 많다. 스트레스를 많이 받는 일이지만, 남편은 성격만큼이나 무던하게 일 처리를 잘해서 회사 사람들의 신뢰가 높은 편이다. 하지만 이날만큼은 아니었다.

남편이 퇴근할 무렵 전화 한 통이 걸려왔다. 전화한 사람은 단단히 화가 나 있었다. 민원인이 화가 난 이유는 담당 부서가 아니라는 이유로 책임을 미루는 관공서의 태도 때문이었다. 남편 역시 자기 부서 업무는 아니었다. 하지만 민원인의 사정이 안타까워 도와주려고 했다. 본사와 관공서 여러 곳에 전화를 걸어 민원인의 고충을 해결해 줄 부서를 찾았다. 그러나 남편의 노력에도 불구하고 민원인의 문제를 해결하는 데 한계가 있었다. 결국, 민원인의 화풀이는 남편에게 쏟아졌다. 자기 업무도 아닌 일을 도와주려고 백방으로 애쓴 남편의 노력은 생각하지도 않고 해결해 주지도 못할 거면서 왜 나서느냐로 시작해서 개인정보 유출로 고발하겠다는 협박까지 서슴지 않았다.

남편은 자기가 제대로 대처하지 못한 것 같아 속상하고, 당황해서 말도 제대로 못 했다며 후회했다. 도와주려고 한 일인데 도움도 못 주고 회사도 곤란해졌다며 자책했다. 남편이 안쓰러웠다. 민원인도 시간이 지나면 진정될 거라고, 다른 관공서에서도 애쓴 걸 알고 있으니 괜찮을 거라고, 진심은 통하게 되어 있으니 너무 걱정하지 말라는 위로의 말밖에 할 수 없었다.

머리숱이 줄고 흰머리가 점점 늘어나는 남편을 보며 가장으로서의 부담감이 얼마나 클지 생각하니 미안함과 안타까운 마음뿐이었다. 큰소리치는 민원인에게 쩔쩔매며 머리를 조아리고, 자신의 무능함에 더 깊이 고개를 숙여야 했던 이날의 남편 모습이 오래도록 내 가슴을 아프게 했다.

이제는 멋있고 당당한 남편이기를 바라지 않는다. 가족 앞에서 강해 보이려고 애쓰는 모습도 원치 않는다. 그저 가까이에서, 오래된 친구처럼 편안한 남편이면 그걸로 족하다. 남자라서 강해야 하고 여자라서 항상 기대야 한다고 생각하지 않는다. 뉴스만 보던 남편이 드라마를 보며 눈시울을 붉힐 수도 있고, 남편 대신 내가 나사를 돌리고 못을 박으며 고장 난 물건을 고칠 수도 있다. 남편이 덜 힘들면 좋겠다. 내 곁에서 좀 더 편안했으면 좋겠다.

아빠를 떠나보내다

목련꽃의 죽음은 느리고도 무겁다. 천천히 진행되는 말기 암 환자처럼,
그 꽃은 죽음이 요구하는 모든 고통을 다 바치고 나서야 비로소 떨어진다.
펄썩, 소리를 내면서 무겁게 떨어진다.
그 무거운 소리로 목련은 살아 있는 동안의 중량감을 마감한다.

📖 김훈, 『자전거 여행』

어느 가을날, 아빠는 내 손을 잡은 채 숨을 거뒀다. 아빠는 2년 동안 암과 함께 살았다. 이미 오래전부터 마음의 준비를 해 왔지만, 아빠의 죽음은 하늘이 무너지는 슬픔이었다. 아빠가 눈을 마주칠 수도, 이야기를 나눌 수도 없는 다른 세상으로 가 버렸다는 사실이 믿어지지 않았다. 잠든 것처럼 평온한 아빠의 얼굴을 어루만지며 울고 또 울었다.

아빠의 장례식날, 내 마음만큼이나 어두운 검은색 상복을 입고

조문객을 맞았다. 두 아들도 상주인 외삼촌 옆에서 상복을 입고 조문을 받았다. 아빠가 손자들의 모습을 보며 덜 외로웠으면 좋겠다고 생각했다. 화장이 끝나고 조그만 단지에 아빠의 유해를 안치했다. 그동안 너무 많이 울어서인지, 한 줌의 재가 되어버린 아빠가 낯설어서인지 눈물을 흘리기보다는 담담한 마음으로 지켜보았다. 항아리를 비비면 '짠'하고 나타나는 요술램프의 지니처럼 아빠도 그렇게 다시 내 앞에 나타나면 얼마나 좋을까?

아빠가 떠나고 한동안은 일상으로 복귀하기가 쉽지 않았다. 멍하고 무언가 또렷하지 않은 기분이었다. 마음이 답답해 무거운 몸을 이끌고 서점에 들렀다. 서점에 가면 읽을 책이 너무 많아 늘 고민이었는데 이날은 어떤 책도 눈에 들어오지 않았다. 서점을 몇 바퀴 돌다가 책 한 권을 집어 들었지만 몇 장도 채 읽지 못하고 다시 내려놓았다.

요양병원의 간병인은 아빠를 떠나보낸 엄마가 밥도 안 먹고 말도 없이 멍하니 있다고 했다. 엄마가 걱정스러웠지만, 남편을 보낸 뒤였기에 얼마쯤은 그럴 수 있다고 생각했다. 치매 진단을 받은 엄마가 기억하는 아빠는 어디까지일까? 아빠에 대한 기억이 흐릿한 지금의 엄마가 오히려 다행이지 않을까 생각했다. 그렇지 않다면 엄마는 멍하니 있기는커녕 더 깊은 절망에 빠져 지금보다 훨씬 좋지 않은 상황을 맞이했을지도 모를 일이다.

아빠는 남겨진 가족들이 어떻게 지내길 바라셨을까? 유언은 없었지만, 많은 시간을 가장 가까이에서 지켜보았던 나는 아빠의 마음을 짐작할 수 있었다. 아빠는 제일 먼저 혼자 남을 엄마의 건강을 염려했을 것이다. 자식들에게 엄마를 잘 보살펴달라고 당부하고 싶었을 것이다. 자식들과 손자 손녀들이 행복하게 잘 살기를 바랐을 것이다. 그리고 지금도 하늘에서 우리를 내려다보며 간절히 바라고 계실 것이다. 아빠는 떠났고, 우리 가족은 남았다. 나는 아직도 아빠가 없는 일상이 낯설다.

아빠의 빈자리

어떤 진리로도 사랑하는 것을 잃은 슬픔을 치유할 수는 없다.
어떤 진리도, 어떤 성실함도, 어떤 강인함도, 어떤 상냥함도,
그 슬픔을 치유할 수 없다.
우리는 그 슬픔을 다 슬퍼한 다음 거기에서 뭔가를 배우는 것뿐이고,
그렇게 배운 무엇도 또다시 다가올 예기치 못한 슬픔에는
아무런 소용이 없다.
무라카미 하루키, 『노르웨이의 숲』

아빠가 떠나고 그해 겨울, 남편과 둘이 김장을 했다. 원래 우리 집 김장은 아빠가 주도했다. 농산물시장 단골 가게에서 배추 100포기를 사와 김장을 했다. 김장하는 날은 아빠 집에 온 가족이 모여 시끌벅적한 하루를 보냈다. 말기 암 선고를 받은 2016년 늦가을에도 아빠는 굳이 김장을 하겠다고 고집을 부렸다. 자식들과 함께하고 싶은 마음을 잘 알기에 우리 네 형제는 아빠 집에 모여 김장을 했다. 그때가 아빠와 함께한 마지막 김장이다.

그 후로 아빠는 주로 병원에 계셨고 나는 어쩔 수 없이 김장 홀로서기를 해야 했다. 남편과 둘이서 단출하게 김장을 했다. 첫해는 아빠 흉내를 낸다고 40포기나 되는 배추를 사서 다듬고 직접 절였다. 하지만 남편의 허리통증과 살아서 밭으로 가게 생긴 배추에 질려 다음 해부터는 절임 배추를 주문했다. 양념만 준비하는 데도 허리와 어깨, 안 아픈 곳이 없었다. 70이 넘는 연세에 매년 100포기가 넘는 김장을 아빠는 어떻게 해오신 걸까? 고맙고 미안한 마음에 가슴이 먹먹했다.

아빠 없이 홀로 김장하던 어느 날, 아빠가 하던 방식을 기억해 내려고 애쓰는데 갑자기 하늘에서 눈이 내렸다. 하늘에서 막내딸에게 보내는 아빠의 신호 같았다. 우리 막내딸 잘하고 있다고, 쉬어가면서 하라는 아빠의 목소리가 들리는 듯했다. 할 일은 산더미 같은데 자꾸만 아빠가 말을 걸었다. 송이송이 내리던 눈은 금세 함박눈으로 바뀌었다. 눈물이 흘렀다. 아빠가 너무 보고 싶었다.

온종일 병원에 있는 엄마를 수발하고 집에 돌아와 연안부두 어시장에서 사 온 생선을 손질했다. 병원에서 출발할 때만 해도 집에 가서 쉬어야지 했는데 나도 모르게 병원과 가까운 어시장으로 차를 몰았다. 엄마의 병간호에 신경 쓴다고 우리 식구 밥상이 부실해진 것이 마음에 걸렸나 보다. 생선을 손질해 냉동실에 넣어두면 마음이 좀 편해질 것 같았다.

마트에서 손질된 생선을 사 먹으면 편할 테지만 가격 대비 생선의 질과 맛이 떨어졌다. 작은언니는 매번 고생을 사서 한다며 핀잔을 주었다. 이번에는 마트에서 사다 먹어야지 하면서도 늘 생각과 행동이 달랐다. 연안부두 어시장에는 아빠와 엄마의 단골집이 있다. 이제 그 집의 단골은 나로 바뀌었다. 아빠가 암 투병을 시작하던 그해부터 아빠와 엄마는 더 이상 집안일을 할 수 없었다. 아빠 집에 있던 김장 도구들이 우리 집 베란다로 이사 왔고 아빠가 했던 생선 손질도 내 몫이 되었다.

갈치, 조기, 고등어를 손질하고 주방을 정리하는 데 3시간 가까이 걸렸다. 종아리가 뻐근하고 다리에 힘이 풀렸다. 거실 바닥에 주저앉으니 입에서 '에구구'하는 소리가 절로 나왔다. 아빠의 하루도 이렇게 힘들었겠구나 하는 생각이 들었다. 병원 신세를 져야 했던 엄마의 병시중까지 도맡아 했던 아빠였다. 그러면서도 매년 마늘과 김치, 손질한 생선을 일하는 막내딸을 대신해서 집까지 배달해 주셨다. 그때는 그게 당연한 일이라고 생각했다. 아빠는 힘들다는 내색 한 번 하지 않으셨다. 주는 대로 받기만 하는 막내딸을 보며 흐뭇해하셨다.

돌아가신 아빠가 유별나게 생각날 때가 있다. 채반 위에 가지런히 놓인 생선을 볼 때가 그렇다. 매번 직접 담근 김치와 손질한 생선을 가져오는 아빠가 미련스럽게 느껴질 때도 있었다. 하지만 그런 아빠의 미련스러움은 고스란히 내 것이 되었다. 아빠가 돌아가시고 나니 내 안에 잠자던 아빠의 모습이 살아났다. 나도 아빠처럼 열심히 살다 갈 수 있을까? 분명 그럴 것이다. 나는 아빠의 딸이니까.

여보, 보고 싶어요

엄마는
그래도 되는 줄 알았습니다
찬밥 한 덩이로 대충 부뚜막에 앉아 점심을 때워도
엄마는
그래도 되는 줄 알았습니다
아버지가 화내고 자식들이 속 썩여도 전혀 끄떡없는
엄마는
그래도 되는 줄 알았습니다
외할머니 보고 싶다
외할머니 보고 싶다, 그것이 그냥 넋두리인 줄만…
한밤중 자다 깨어 방구석에서 한없이 소리 죽여
울던 엄마를 본 후론
아! 엄마는 그러면 안 되는 것이었습니다

📖 심순덕, 〈엄마는 그래도 되는 줄 알았습니다〉

아빠가 떠나던 날 엄마는 생각보다 담담했다. 마지막까지 엄마 걱정만 하던 아빠를 떠나보내면서도 엄마의 상심은 그리 커 보이지 않았다. 삼우제를 지내고 돌아오는 길에 식당에 들러 점심을 먹었다. 그곳은 아빠와 엄마의 회갑 잔치를 했던 곳이다. 엄마는

"아빠가 있었으면 좋았을 텐데…"라는 말 외에는 아무 말이 없으셨다.

아빠가 떠나고 일주일이 지났다. 엄마는 말을 하지 못했다. 얼굴에 마비가 와서 한쪽 입이 일그러진 채 나오지 않는 목소리로 힘겹게 입술만 움직였다. 눈도 제대로 뜨지 못했다. 왈칵 눈물이 쏟아졌다. 엄마의 고통이 내게로 고스란히 전해졌다. 엄마는 메모지를 달라고 손짓하셨다. 말을 할 수 없으니 필담으로 소통해야 했다. 엄마는 메모지에 한 글자 한 글자 힘겹게 써내려갔다.

'이희달
이희달 보고 싶어
아빠가 엄청 보고 싶다
여보 보고 싶어요'

제주도에서 잠깐 지낼 때 들렀던 이중섭 미술관에서 아내가 이중섭에게 보낸 가슴 절절한 편지를 보며 눈시울을 붉혔던 기억이 났다. 그런데 아빠에 대한 그리움이 가득 담긴, 우리 엄마 김춘자 씨의 삐뚤삐뚤한 글씨가 훨씬 더 애절했다.

‘여보
이렇게 보고 싶을 줄 알았으면
무슨 수를 써서라도 못 가게 붙잡을걸.
너무 안타깝고 자꾸 생각이 나서 못 살겠다. 여보’

미련한 딸은 엄마의 마음을 헤아리지 못했다. 괜찮으실 거라고 마음대로 단정 지으며 무심하게 넘겨 버렸다. 엄마에게 너무 미안했다. 50년이 넘도록 함께 산 남편을 이제는 다시 볼 수 없는데 어떻게 괜찮을 수 있을까? 한없이 약한 여자가 되어버린 엄마를 보니 하염없이 눈물이 흘렀다. 엄마는 내 눈물을 닦아주며 얼굴과 머리를 쓰다듬었다. 평소 살가운 표현 한 번 못하는 엄마여서 그런지 그날따라 엄마의 손길이 너무 따뜻했다.

아빠와 엄마가 환하게 웃는 모습이 담긴 사진을 골라 액자를 만들어 갔다. 엄마는 사진 속 아빠를 뚫어지게 바라보다 눈물을 글썽이며 사진 속 아빠의 얼굴을 어루만졌다. 액자를 두 손에 쥐고 졸린 눈으로 잠을 청하는 엄마에게 인사를 하고 나오려는데 엄마가 내 손을 붙잡았다. 그리고 펜을 달라고 하셨다. 엄마는 떨리는 손으로 써 내려갔다.

'아빠 사진 가져와서 너무 좋아. 우리 막내딸이 최고야'

병실을 나오며 하늘에 계신 아빠가 엄마를 지켜주었으면 좋겠다고 생각했다. 결국, 막내딸은 돌아가신 아빠에게 엄마를 떠넘기고 말았다.

아파도 엄마는 멋쟁이

우리를 사랑하는 사람에게

우리가 행복하다는 것보다 더 좋은 일이 있을까?

📖 기시미 이치로, 『마흔에게』

아빠가 떠난 후로 엄마는 줄곧 요양병원에 계셨다. 아빠가 떠나던 해에 허리를 다쳐 움직일 수 없게 된 엄마는 말기 암 판정을 받은 아빠와 함께 요양병원에 입원했다. 아픈 아빠 곁에서 무기력하고 우울해하던 엄마는 치매 진단까지 받았고 우울증 약도 먹기 시작했다. 병원에서 넘어지는 바람에 다리뼈가 부러져 대학병원으로 옮겨 수술하고 다시 요양병원으로 돌아오기도 했다. 아빠는 결국 그해 가을 암 판정 2년여 만에 엄마만 남겨두고 혼자 하늘나라로 떠나셨다. 아빠가 떠난 후 엄마의 말수와 식욕은 점점 줄어들었고, 잠은 많아졌다. 만사가 귀찮은 듯 딸이 찾아가도 피곤해하시기만 했다.

어느 날 병원에 들른 내게 엄마는 이렇게 말했다. "옷이 그것밖에 없니?" 일할 때만 해도 하이힐을 신고 화려한 옷을 즐겨 입던 막내딸이었다. 반바지에 면티를 입고 어디서 공짜로 받은 듯한 에코백을 든 내가 초라해 보였던 모양이다. 엄마는 머리로 시선을 옮기더니 다시 한마디 했다. "머리는 염색도 안 해?" 짧은 머리에 이제는 감추기 어려운 딸의 흰머리도 마음에 걸렸던 모양이다. 머리 아래의 딸 얼굴도 불만이었다. "얼굴에는 아무것도 안 바르고 다니는 거야?"

엄마는 한때 20년 넘게 양장점을 운영하며 다른 사람의 옷을 만들어 주던 디자이너였다. 이후 양장점 문을 닫고 아빠와 함께 시골 오일장에서 기성복을 팔았다. 가난했지만, 옷 열 벌 살 돈을 아껴 좋은 옷 한 벌을 사 입던 멋쟁이셨다. 지금도 요양병원에서 환자복 안에 화려한 무늬의 티셔츠를 받쳐 입는다. 병원 조명에 얼굴이 탄다며 선크림도 바른다. 내 외모에 불만을 표시하던 이 날도 엄마는 고운 분홍빛의 입술 보호제를 바르고 계셨다.

하얀 건물의 병원에서 하얀 가운을 입은 의사와 간호사의 보호를 받으며 똑같은 환자복을 입은 사람들과 생활하는 엄마에게 어쩌면 잘 차려입은 딸이 더 반가울지도 모른다. 그래서 학원 원장과 직장인으로 살던 딸이 엄마에게는 더 자랑스러웠을 것이다. 하지만 딸은 미니멀라이프의 삶을 선택했다. 문제는 80세 엄마에게 미니멀라이프의 삶을 제대로 전달하기 어렵다는 점이었다. 막내딸이 소비를 지양하고 소박한 삶을 지향하며 당당하게 미니멀리스트의 삶을 선택했다는 사실을 이해시킬 자신이 없었다.

나이 든 부모 앞에서 색동옷을 입고 춤을 췄다는 중국 고사가 생각났다. 엄마가 날 보며 환하게 웃을 수 있도록 오랜만에 파마도 하고 염색도 했다. 앞으로 엄마를 보러 병원에 갈 때는 화장도 하고 옷도 될 수 있으면 화려한 색을 골라 입고 가기로 했다. 내 삶의 지향점보다 딸의 예쁜 모습이 그리웠을 엄마의 뜻에 따르는 것이 엄마에게는 더 큰 위로와 힘이 될 것 같다는 생각이었다. 엄마는 소박한 미니멀리스트보다 여배우 같은 딸을 원했다. 엄마가 날 보며 환하게 웃을 수만 있다면 더 화려하게 꾸밀 자신도 있었다.

후회와 깨달음

어머니와 아버지에게도 여러 가지 사정이 있었을 것이다.
저렇게 늙기까지… 어머니와 아버지는 시간 앞에서 예나 지금이나
무방비 상태다. 두 분은 조만간 시간에 모든 걸 빼앗기고
빈털터리가 될 것이다.
김현, 『걱정 말고 다녀와』

요양병원에 있을 때 엄마는 치매 진단을 받았다. 그 무엇도 당신 뜻대로 하지 못했다. 딸이 찾아가도, 밥을 먹다가도 넋을 놓고 표정 없이 TV만 쳐다보았다. 그런 엄마를 생각하면 가슴에 돌덩이를 얹어 놓은 듯 답답했다. 아빠가 살아계셨을 때, 내게 수시로 전화해서 이것저것 사 오라고 부탁했다. 가끔은 그런 요구가 부담스러웠다. 긴 병에 효자 없다는 말이 괜한 소리가 아님을 절실히 느꼈다.

요양병원에 있는 엄마에게 이상이 있을 때마다 외부 병원에 모시고 가는 것도 내 몫이었다. 나보다 멀리서 산다는 이유로 엄마와 아빠를 자주 챙기지 않는 다른 형제들이 약속했다. 부모한테 물려받은 것도 없는 셋째딸로 이만큼 했으면 할 만큼 했다고 생각했다.

자식이란 정말 이기적인 존재다. 고등학교 다닐 무렵 우리 집은 경제적으로 가장 힘든 시기였다. 그때 엄마는 고군분투하며 가족을 먹여 살리려고 애썼다. 엄마의 힘들었던 시간은 깨끗하게 잊어버리고 섭섭한 것만 부풀려 투정을 부리는 내가 한심했다.

병은 소리소문없이 다가와 엄마, 아빠에게서 모든 것을 빼앗아 갔다. 철없던 막내딸은 늙고 병들어 무기력해진 엄마, 아빠를보며 나는 절대로 그렇게 살다 가지는 않을 거라고 자신했다. 그러나 생각해보면 건장했던 아빠가 과연 자신이 암으로 생을 마감할 거라고 짐작이나 했을까? 생활력 강하던 엄마는 치매로 정신이 흐릿해지고 간병인의 도움 없이는 화장실도 못 가는 당신의 모습을 상상이나 해봤을까?

점점 자신을 잃어가는 엄마를 생각하니 마음이 아팠다. 딸로, 아내로, 엄마로 살면서 엄마에게 가장 행복했던 순간은 언제였을까? 남아 있는 엄마의 시간을 행복한 기억으로만 채울 수 있다면 얼마나 좋을까?

톨스토이의 『안나 카레니나』

문학동네, 2009

전업주부로 살면서 여유가 생겼고, 책과 가까워졌다. 다양한 분야의 책 중에서 고전문학의 매력에 빠졌다. 깊이 있는 접근을 위해 가까운 도서관에서 진행하는 인문 고전 무료 특강을 신청해 들었다. 진정 가치 있는 것들은 시간이 지나도 변하지 않으며, 오히려 더 빛이 난다는 사실을 깨달았다. 나 역시 그런 삶을 살고 싶었다.

작가들이 꼽은 최고의 고전문학, 『안나 카레니나』는 19세기 유럽 문학을 대표하는 톨스토이의 작품이다. 내가 읽은 『안나 카레니나』는 1권 461페이지, 2권 606페이지, 3권 522페이지의 압도적인 분량이다. 유명한 고전이지만 접근하기 쉬운 책은 아니다. 워낙 방대한 양이다 보니 1870년대 러시아의 정치, 종교를 비롯해 사회 전반에 대한 폭넓은 지식이 없으면 이해하기 어려울 수도 있다. 하지만 완독하고 나면 이 책이 왜 그렇게 많은 사람의 입에 오르내리는지 실감하게 된다.

『안나 카레니나』는 남부러울 것 없는 고관대작의 부인 안나가 젊은 장교 브론스키와 사랑에 빠지면서 벌어지는 이야기로, 체면 때문에 이혼해주지 않는 남편과의 불화, 그리고 어린 딸과 아들 사이에서 일어난 지독한 불행을 견디지 못한 그녀가 달리는 기차에 스스로 몸을 던진다는 내용이다. 여기까지만 보면 아침 드라마에 나올 법한 불륜에 관한 이야기다.

하지만 그렇게 단순하게 정리할 수 있는 작품이 아니다. 톨스토이의 삶과 가치관이 담겨 있을 뿐 아니라 시대를 막론하고 늘 우리의 관심사이자 인간의 보편적인 문제인 진실한 사랑과 결혼, 그리고 가족을 포함해 예술, 종교, 죽음을 비롯한 삶의 모든 것이 담겨 있다.

『안나 카레니나』에는 선한 사람도 악한 사람도 없다. 얽히고설킨 복잡한 인간관계만 있을 뿐이다. 소설 속 인물들은 각자가 지향하는 바를 향해 자유롭게 선택하고 그에 따른 결과를 만들어낸다. 그리고 판단은 온전히 독자의 몫이다.

『안나 카레니나』는 진정한 사랑이란 무엇이며, 결혼이라는 제도 안에서 가정의 행복을 어떻게 이루어가야 하는지, 그리고 사회의 정의란 무엇인지까지 고민하게 하면서 우리가 꼭 생각해봐야 할 문제들을 다룬다. 그렇기에 이 책은 지금까지도 많은 사람의 사랑을 받으며 영화, 연극을 비롯한 다양한 장르를 넘나들며 계속해서 소비된다.

고전은 '어떻게 살 것인가'에 대하여 독자들에게 끊임없이 질문한다. 질문에 대한 답은 시대에 따라 변하기 마련이다. 이것이 바로 고전문학의 영원성이다. 고전은 사람에 따라, 시대에 따라 다른 색깔로 읽힌다. 많은 고전 작품을 읽으면서 나는 어떤 삶을 살아야 하는지, 어떤 삶을 원하는지 끊임없이 묻고 또 물었다.

톨스토이의 『안나 카레니나』는 인간의 삶이 지속하는 한 현재 진행형이다. 앞으로 10년 후 나는 다시 이 작품을 꺼내 읽을 생각이다. 그때는 내게 어떤 의미로 다가올지, 등장인물들에 대한 감상은 또 어떻게 변할지 벌써 궁금하다. 여러 번 읽고 곱씹게 되는 손꼽히는 고전 대작을 완독했다는 성취감과 함께 『안나 카레니나』의 여운은 내 마음속에 오래오래 남았다.

함께 읽으면 좋은 고전

▶ 『제인 에어 1, 2』, 샬럿 브론테, 민음사, 2004
▶ 『오만과 편견』, 제인 오스틴, 민음사, 2009

3장

행복하게 성장하기

일을 그만두니 꿈이 생겼다

사람은 누구든지 자신의 삶을 자기 방식대로 살아가는 것이
바람직하다. 그 방식이 최선이어서가 아니라,
자기 방식대로 사는 길이기 때문에 바람직한 것이다.

존 스튜어트 밀

학원 일을 그만두고 첫 한두 달은 집 안을 정리하고 가족들 챙기느라 정신이 없었다. 석 달 정도 지나서야 조금씩 여유가 생겼다. 무의미하게 시간을 흘려보내기가 아까웠다. 내 성격과도 맞지 않았다. 밖으로 나가 집 주변을 돌아다녔다. 잘 가지 않던 쇼핑몰을 찾았다. 그곳에서 서점을 발견했다. 책을 마음껏 읽을 수 있고, 앉아서 공부하거나 노트북을 사용할 수 있는 공간도 있었다. 그때부터 일하지 않는 나의 삶에 변화가 생겼다. 아침마다 서점을 찾았다. 가슴 떨리는 일상이 시작되었다. 나는 책 읽기에 풍

덩 빠져버렸다.

하루 24시간이 부족할 정도로 읽고 싶은 책이 많았다. 화장실 가는 시간도 아까웠다. 좋은 내용과 문장이 잊힐까 봐 두려웠다. 그래서 읽은 책과 감상을 기록으로 남기기 시작했다. 책을 읽다 보면 자연스럽게 쓰고 싶어진다는 사람들의 말을 실감했다. 책을 읽으면서 불쑥불쑥 떠오르는 생각의 파편을 주워 담았다. 가슴이 벅차올랐다. 일하는 여자로 살 때 느껴보지 못했던 새로운 '나'를 만났다. 너무 행복했다. 할 수만 있다면 이런 생활을 오랫동안 지속하고 싶었다.

힘든 일이 생기거나 마음이 복잡할 때면 서점으로 달려가 책 속에 파묻혔다. 책은 내 힘으로 풀 수 없는 문제라면 깨끗하게 단념하고 할 수 있는 일에 집중하라고 알려주었다. 책이 알려준 대로 생각을 바꾸니 힘들었던 일은 별일 아니게 여겨졌고, 복잡했던 마음도 단순해졌다. 덕분에 나는 한없이 가벼워졌다.

집에만 있으면 자존감이 무너질 수 있다. 난생처음 전업주부가 된 나를 작아지지 않게 해준 것이 바로 읽고 쓰는 일이었다. 젊은 시절은 지나갔지만, 정지용의 시 〈향수〉의 사철 발 벗은 아내처럼 예쁠 것도 없는 중년의 내가 진정으로 몰두할 수 있는 일이 생겼다. 책을 읽고 있으면 자신이 꽤 괜찮은 사람처럼 느껴졌다. 내일은 오늘보다 나아질 거라는 희망이 싹튼 것도 읽고 쓰고부터다. 내가 쓴 글이 누군가에게 위안을 줄 수 있으면 좋겠다고 생각했다. 많은 사람과 글로 공감을 나누는 사람이 되겠다는 목표가 생겼다.

책을 읽으면서 셀 수 없을 정도로 많은 것을 얻었다. 그 가운데 제일 소중한 것은 그동안 몰랐거나 관심이 없어서 외면했던 세상을 보게 해준 일이다. '나만 잘 살면 되지' 하며 정신없이 살아왔다. 지나고 보니 그리 잘 살지도 못했고, 우물 안 개구리였다는 사실을 깨달았다. 그래서 나를 위한 일, 내가 하고 싶은 일이 다른 사람에게도 좋은 영향을 주고 나아가 세상에도 작은 보탬이 되면 좋겠다고 생각했다.

학교에서 배운 어떤 지식보다 내가 읽은 책들이 더 많은 것을 가르쳐주었다. 책은 내가 길을 잃지 않도록 나침반 역할을 해주고, 올바른 곳에 무사히 다다르도록 빛을 비춰주었다. 아무리 험한 길이라도 좋은 책들과 함께한다면 두렵지 않을 것만 같았다. 읽고 쓰며 마음에 새기고 싶은 문장 앞에서 오랫동안 머물렀다. 책을 읽을수록 나는 다른 사람이 되어갔다. 책은 인생의 반환점을 돌고 난 후 알게 된 고마운 친구이자 선물이다. 나도 누군가에게 반가운 친구이자 선물이 되어주고 싶다. 중년의 나이에 전업주부가 되었지만, 내게는 가슴 떨리는 꿈이 생겼다.

닮고 싶은 사람이 생겼다

『태백산맥』을 마흔에 시작해서 『아리랑』을 거쳐 『한강』을 쓰고 나니
예순이 되었다. 그 20년의 세월은 하나뿐인 자식이 초등학교 4학년에서
대학을 나오고, 군대를 갔다 오고, 장가를 들어 애아버지가 되었고,
나를 진짜 할아버지로 만들었다.
조정래

"너는 드라마나 책을 보면 꼭 주인공 흉내를 내더라?"

책을 좋아하던 언니가 학창 시절 내게 자주 했던 말이다. 들통난 것이 무안해 "내가 언제?" 하며 발뺌했지만 사실 그랬다. 드라마나 책에서 마음에 드는 인물이 나오면 그의 말투, 행동거지, 옷이나 머리 스타일까지 따라 했다. 눈을 부릅뜨고 유창하게 말하는 변호사가 되었다가, 눈을 내리깔고 두 손을 가슴 앞에 모은 다소곳한 여인이 되기도 했다. 『키다리 아저씨』를 읽은 후에는 주인

공 '주디'가 되어 언젠가 나를 후원해 주는 사람이 나타날 거라는 기대를 품은 적도 있었다. 유치하지만 귀엽고 순수했던 어린 시절의 내 모습이다.

오랫동안 읽고 싶은 책, 그래서 끝나지 않았으면 하는 책이 있다. 내게는 조정래 작가의 책이 그랬다. 『태백산맥』을 시작으로 『아리랑』, 『한강』을 차례로 섭렵했다. 조정래 작가의 책을 읽고 난 후 나는 완전히 달라졌다. 다른 사람으로 태어난 기분이었다. 독서의 힘이 이런 거구나 다시 한번 느꼈다.

『태백산맥』을 읽으며 조정래 작가의 역사에 관한 깊은 생각, 사람을 바라보는 따뜻한 시선, 부당한 사회에 대한 분노를 고스란히 느낄 수 있었다. 죽음과 역사, 그리고 시대의 목소리에 관해 생각해보는 계기가 되었다. '어떻게 살 것인가'를 묻고 또 물었다.

『아리랑』 열두 권은 더 꼼꼼하게 요약해가며 읽었다. 일제 강점기의 고통과 분노로 밤잠을 설치기도 했다. 독립운동가를 통해 용기와 신념을 배웠다.

『한강』을 읽으며 70년대를 전후한 대한민국 현대사의 아픔도 들여다보았다. 그동안 너무 무관심했고 한심할 정도로 무지했음을 인정해야 했다. 자식에게 올바른 가치관을 물려주는 부모가 되어야겠다고 다짐했다. 역사의 진실을 아는 일이 무엇보다 중요하다는 것을 마음에 새겼다.

7개월에 걸쳐 32권, 세 편의 대하소설을 완독했다. 책이 좋았고, 책으로 변화하는 나를 바라보는 것도 좋았다. 글 쓰는 사람으로 살고자 하는 꿈이 더욱 간절해졌다. 조정래 작가의 작품을 보며 작가로서의 고통과 사명, 그리고 보람을 배우고 느꼈다. 솔직히 조정래 작가처럼 대단한 작품을 남길 자신은 없다. 다만 좋은 세상을 만드는 데 조금이나마 보탬이 되는 글이 쓰고 싶어졌다. 내 남은 삶은 그렇게 살았으면 좋겠다고 생각했다.

조정래 작가의 40년 자전 에세이『황홀한 글감옥』을 찾아 단숨에 읽었다. 작가의 인간적인 부분뿐만 아니라 작가로서의 치열한 삶이 고스란히 전해졌다. 작가를 꿈꾸는 사람들에게 따끔한 충고와 진심 어린 권유도 잊지 않으셨다. 조정래 작가를 롤 모델로 하여 글을 쓰기로 했다. 단 한 번도 이렇게 단단한 롤 모델을 가져

본 적이 없다. 모든 걸 따라 하고 싶고, 닮고 싶은 사람이 생겼다는 것은 연예할 때처럼 가슴 설레는 일이다. '모든 예술은 모방으로 시작하되, 그것을 넘어서야 한다'는 조정래 작가의 말을 가슴에 새기며 창조적 모방을 해야겠다고 마음먹었다.

매일 기적을 만나다

책은 우리 내면에 얼어 있는 바다를

내리치는 도끼 같은 것이어야만 한다.

 프란츠 카프카

일을 그만둔 후 독서는 하루의 중요한 일과로 자리 잡았다. 오늘은 어떤 책을 읽을까 하는 기대가 하루하루를 설레게 했다. 내게 가장 가치 있는 독서 시간을 확보하려고 바쁘게 움직였다. 작가와 강연가로 살겠다는 꿈, 단순하지만 풍요로운 미니멀라이프, 진정한 어른으로 거듭날 기회를 비롯해 책은 나에게 많은 것을 주었다. 나의 미래가 독서에 있음을 확신했다.

돈을 벌지 않는 생활은 어색하고 가끔은 불안했다. 책이 없었다면 시간과 돈만 낭비하며 사는 삶에 대한 두려움으로 마음에도 없는 일자리를 서둘러 구했을 것이다. 꼭 돈 때문이 아니더라도 원하지 않는 불완전한 삶으로 돌아가는 것은 내가 바라는 삶이 아니다. 책은 내게 돈에 너무 예민해지지 않도록, 그 시간을 단단하게 견뎌내도록 둔감함과 담대함을 선물해 주었다. 몰입해서 읽은 책들 덕분에 전업주부가 된 내가 좋아졌고, 미래에 대한 기대도 커졌다.

내가 읽은 책들이 나를 진정한 삶으로 인도해줄 것이라고 믿게 되었다. 직장인으로 살 때 간절했던 것들, 예를 들면 큰 집, 고급 외제 자동차, 명품 가방 같은 것들은 진정 내가 원하는 것이 아니었다. 두 아들의 꿈을 지원해 주고, 남편과 소박하고 평화로운 노후를 즐길 정도의 여유만 있다면 더는 바랄 것이 없다고 생각했다. 마지막 날까지 좋아하는 책을 마음껏 읽을 수 있고, 쓰고 싶은 글을 성실하게 쓸 수 있다면 그것만으로 충분히 행복할 것 같았다.

책을 읽으며 내 안을 자꾸 들여다보게 되었다. 진정 원하는 것이 무엇인지, 원하는 삶을 살기 위해 어떤 마음으로, 어떤 자세로 살아야 하는지 이런저런 질문을 쏟아냈다. 과거를 반성하고 미래를 계획했다. 읽은 책만큼 읽고 싶은 책도 늘어났다. 게으름 피울 시간이 없었다. 일을 그만두고 생긴 무기력은 서점과 도서관을 오가는 동안 모두 사라졌다. 오히려 자존감은 직장인일 때보다 더 높아졌다.

유시민 작가는『청춘의 독서』에서 '좋은 책은 그 자체로 기적'이라고 했다. 좀 더 어리고 젊었을 때 기적 같은 책들과 함께하지 못한 것이 아쉬웠다. 시간을 되돌리고 싶었다. 나를 깨우는 도끼 같은 책을 읽으면서 좀 더 일찍 삶에 관해 치열하게 고민하고 옳은 길을 탐색했더라면 지금보다 나은 삶을 살지 않았을까 하는 생각이 들었다. 고전문학을 비롯한 다양한 장르의 책들은 세상을 바라보는 올바른 시각과 어떻게 행동하고 실천해야 하는지 그 길을 열어주었다. 책을 읽다 보면 때로는 놀라움과 기쁨으로, 때로는 회한과 반성으로 가슴이 뜨거워졌다.

책을 만나지 못했다면 지금의 나는 어떻게 살고 있을까? 책과 함께 보낸 시간은 설레고 행복했다. 전업주부가 아니었다면 경험하지 못할 소중한 시간이다. 삶은 여전히 불안하고 힘들지만, 예전처럼 마구 흔들리지 않는다. 읽고 쓰는 일이 나를 단단히 받쳐 주기 때문이다. 책을 통해 나는 매일 기적을 만났다. 그래서 소망했다. 언젠가는 나도 누군가에게 기적이 될 수 있는 책을 쓰는 기적 같은 일이 일어났으면 좋겠다고 말이다.

독서 노트를 만들다

독후감. 말 그대로 읽은 후의 느낌과 생각과 감상이다.
책을 읽기 전후 변화한 나에 대해 쓰는 것이다.
그러므로 자기가 없다면 독후감도 없다.
독서는 몸이 책을 통과하는 것이다.
온몸으로 통과할 수도 있고 몸이 덜 사용될 수도 있다.
독후감은 그 변화 전후에 대한 자기 서사이다.
📖 정희진, 『정희진처럼 읽기』

책을 읽을 때마다 책에 대한 느낌을 꼬박꼬박 블로그에 썼다. 글이 쌓이자 몇몇 분들이 독서 노트를 따로 쓰는지, 쓴다면 어떻게 쓰는지 궁금해했다. 독서 노트를 쓰기는 하지만 별다른 것은 없다. 그저 내가 느낀 바를 있는 그대로 써 내려간다. 틀이 정해져 있지 않으므로 줄거리를 정리하듯 쓰기도 하고, 갑자기 떠오른 생각을 적기도 한다.

우리는 학교에서 독후감 쓰는 법을 배운다. 그래서 모두 같은 형식으로 독후감을 작성한다. 좋은 방법이 아닌 것 같다. 나는 형식에 얽매일 필요가 없다고 생각한다. 독후감을 써야지 생각하고 책을 읽으면 책 내용이 잘 들어오지 않는다. 책에 흠뻑 빠지는 즐거움을 잃기 쉽다. 틀에 맞추지 말고 부담 없이 책을 읽은 후 쓰고 싶을 때 쓰는 것이 제일 좋다고 생각한다. 그래야 거짓 없이 있는 그대로를 쓸 수 있고, 내가 느낀 바도 더 정확하게 표현할 수 있다.

다른 사람과 공유하고 싶은 내용은 블로그에 써서 임시저장해 놓고, 기억하고 싶은 문구나 놓치고 싶지 않은 문장은 노트에 직접 적는다. 나는 컴퓨터 자판을 두드리는 것보다 손으로 쓰는 것을 좋아한다. 손으로 쓰면 더 오래 남는다. 무엇보다도 서두르지 않는 것이 중요하다. 천천히 음미하며 읽고, 내 안에 충분히 스며들 때까지 기다린다. 그래야 온전히 내 것이 된다.

읽은 책이 많아질수록 분야별로 독서 노트를 작성하는 방법도 달라졌다. 책의 종류가 다르고 내용과 형식도 다르니 제각각일 수밖에 없다. 처음에는 독서법에 관한 책을 보며 참고하기도 했다. 하지만 내가 쓰고 싶은 대로 쓰는 것이 정답이라는 사실을 깨달았다. 이렇게 나만의 방식으로 자유롭게 쓰다 보면 개성적인 독서 노트 한 권이 탄생한다.

독서에 관한 책을 읽다 보면 저자들의 어마어마한 독서량에 주눅 들 때가 있다. 하지만 독서의 양이 중요한 것은 아니라고 생각한다. 한 권의 책을 여러 번 읽을 수도 있고, 몇 달 전에 읽다 만 책을 다시 읽을 수도 있다. 어떤 책은 기록하면서 꼼꼼하게 읽느라 시간이 오래 걸리기도 한다. 양과 속도보다는 얼마나 잘 이해했느냐가 더 중요하다.

기간을 정해두고 몇 권의 책을 읽겠다는 목표는 바람직하지 않다고 본다. 내 마음을 움직이는 한 문장을 만났다면 오늘 독서는 성공한 것이다. 기억에 남지 않은 책 100권보다 나를 변화시키는 한 권의 책이 더 소중하다. 책을 많이 읽었다고 자랑할 필요도 없고 그런 사람을 보며 부러워할 이유도 없다. 진정한 책 한 권은 진정한 벗을 만난 것과 같다. 진정한 벗은 한 명으로도 충분하다.

돈 벌지 않아도 풍족하게 사는 법

만약 누군가를 행복하게 해주고 싶다면
그 사람의 소유물을 늘리지 말고
욕망의 양을 줄여 주어야 한다.
세네카

두 아들과 제주도 한 달 살기를 한 적이 있다. 일상과 잠시 떨어져 있는 것도 좋을 듯해서 떠난 여행이었다. 새벽 요가와 산책을 하고, 도서관에서 책도 빌려 읽었다. 두 아들과 이곳저곳을 다니며 구경도 많이 했다. 아는 사람 하나 없는 곳에서 사람들의 시선에 신경 쓰지 않고 사는 삶은 정말 자유로웠다.

일상으로 돌아와 미니멀라이프 관련 책들을 찾아 읽기 시작했다. 첫 책은 샤오예의 『나의 최소주의 생활』이었다. 책에서 저자는 이렇게 말했다. '우리에게 주어진 시간과 에너지는 유한하다. 그런데 이를 불필요한 일이나 물질에 낭비한다면 최종적으로 남는 시간과 에너지는 형편없이 적어져 더는 나를 위해 사용할 여유가 없어진다.' 일하는 여자로 살면서 많은 시간과 에너지를 쏟아부으며 아등바등 살던 자신을 떠올렸다. 다시는 그렇게 살고 싶지 않았다.

사회생활을 그만두고 가장 잘한 일은 체크카드 하나만 남기고 그 많던 신용카드를 모두 없앤 일이다. 백화점도 가지 않았다. 처음에는 의지를 발휘해야 했지만, 미니멀라이프의 가치를 알고부터는 자연스러워졌다. 물건 하나를 살 때도 '이것이 정말 필요한가?'를 수없이 되물었다. 그러다 보니 사지 않는 쪽을 택할 확률이 점점 높아졌다. 내가 가진 것으로도 이미 충분했다.

일할 때는 많이 벌어서 많이 쓰는 것이 성공이라고 생각했다. 지금은 다르다. 미니멀라이프를 삶의 가치로 받아들이면서 적은 돈으로도 얼마든지 행복할 수 있다는 것을 깨달았다. 돈 때문이 아니라 나에게 꼭 필요한 물건이 아니므로 사지 않겠다는 생각이 확고해졌다. 돈을 벌기 위해 희생해야 했던 가족, 여유, 꿈을 비로소 다시 찾았다. 돈으로 사지 못하는 소중한 것들을 전업주부가 되어 미니멀라이프를 실천하면서 되찾았다.

일할 때는 가난한 날들에 대한 보상이라도 하려는 듯 새해마다 부자가 되겠다는 결심을 했다. 뜻대로 된 적은 단 한 번도 없지만 말이다. 일을 그만두고 돈을 좇지 않으면서 나는 달라졌다. 삶의 우선순위가 돈, 물건, 인간관계에서 가족, 책, 자연으로 바뀌었다. 자연스럽게 새해 결심도 부자가 아니라 더 나은 삶으로 바뀌었다. 한 해 동안 불필요하게 쌓아둔 물건은 없는지 찾고 비우면서 미니멀라이프를 재정비했다. 효율성을 추구하며 소비도 줄였다. 이것이 바로 나만의 시간과 자유, 그리고 꿈을 지키며 부자의 마음으로 사는 새로운 삶이다.

유행과 거리를 두다

사물에 대한 감수성이란
자아의 내면에서 그 깊이를 끌어내는 능력이며,
그것으로 세상과 관계를 맺어 나와
세상을 함께 길들이려는 관대한 마음이다.
📖 황현산, 『밤이 선생이다』

옷장을 정리했다. 입지 않고 걸어만 두었던 옷들을 헌 옷 수거함에 넣었다. 신발장도 정리했다. 하이힐을 비롯해 잘 신지 않는 신발들을 과감하게 버렸다. 스티브 잡스, 마크 저커버그, 오바마 전 대통령은 모두 같은 옷만 입는다는 공통점이 있다. 옷을 고르는 시간마저도 더 가치 있는 곳에 쓰고자 했던 그들의 의지를 잘 엿볼 수 있는 대목이다. 옷이 줄면 옷장도 넓어지고 돈과 시간도 아낄 수 있다. 성공의 척도를 어디에 두느냐에 따라 삶도 바뀐다.

나 역시 처음부터 잘 버린 것은 아니다. 이런저런 이유로 망설이기 일쑤였다. 무엇을 남기고 무엇을 버려야 할지 고민하다가 책 한 권의 도움을 받았다. 『옷을 사려면 우선 버려라』의 저자 지비키 이쿠코는 50대를 위한 패션 지침서를 두 권이나 쓴, 패션잡지의 스타일리스트였다. '패션이란 능수능란한 눈속임과 자신감에서 오는 자기만족'이라고 말한 전문가에게 한 수 배워보고 싶었다.

지비키 이쿠코는 '불안정한 이 시대를 이끌어갈 바람직한 여성상은 자신에게 정말로 필요한 것만 추려 선택하는 용기 있는 여성'이라고 한다. 내 옷장의 옷들은 대부분 버려야 할 것들이었다. 작은방 옷상자에는 언제 샀는지 기억조차 나지 않는 오래된 옷들로 가득했다. 신발장도 마찬가지다. 먼지만 뽀얗게 쌓인 철 지난 구두와 누구의 것인지도 모를 정체불명의 신발들이 쏟아져 나왔다. 용기를 냈다. 고르고 골라 괜찮은 것 몇 개만 남기고 모두 버렸다.

일을 쉬고 있던 어느 날, 오랜만에 내가 운영했던 학원의 강사를 만난 적이 있었다. 화장기 없이 수수한 옷차림의 나를 보며 그녀는 많이 놀란 듯 보였다. 미니멀리스트가 되기로 했다는 내가 믿기지 않는다는 듯 신기하게 바라보았다. 나는 더는 예전의 내가 아니다. 삶의 가치관이 달라졌으니 당연한 일이다. 그녀에게 진짜 내 모습을 보여준 것 같아 뿌듯했다.

학원 원장으로 있을 때는 원장이라는 이름에 걸맞은 옷차림을 하고 다녔다. 그것이 옳다고 생각했다. 하지만 때로는 원장이라는 이름이 부담스럽기도 했다. 학원 운영이 힘들어도 괜찮은 척, 여유로운 척하며 남들 앞에 서야 했다. '척'하며 사는 삶은 고달프고 힘들다. 이제는 '척'하지 않기로 했다. 아는 척도, 괜찮은 척도, 좋은 척도 하지 않는다. 있는 그대로의 나를 받아들이자 삶이 훨씬 편해졌다.

일을 그만두고 얼마 되지 않았을 때, 나는 비자발적으로 유행에서 멀어졌다. 이때는 내 의지가 아니었다. 하지만 미니멀라이프를 알게 되고, 스스로 절제하면서부터는 내 의지로 유행을 멀리했다. 유행과 거리를 두니 그동안 보지 못하고 지나쳤던 것들이 눈에 들어오기 시작했다. 통장은 가벼워졌지만, 마음은 그 어느 때보다 두둑했다.

나이가 들수록 나만의 스타일을 찾는 것이 중요하다는 생각이 든다. 내 스타일을 제대로 알아야 선택할 때 드는 정신적 스트레스도 줄고 비용과 시간도 절약할 수 있다. 50대, 60대, 70대에도 멋지고 당당하게 살고 싶다. 그러려면 지혜로운 미니멀리스트가 되어야 한다. 옷의 가짓수가 아니라 하나의 옷에서 가치를 찾고, 겉모습보다 내면의 아름다움을 추구한다면 나이가 들어도 멋지고 당당하지 않을까?

중고거래를 시작하다

무언가를 없애면 그곳의 모든 것이 사라지는 게 아니라
다른 세상이 펼쳐진다. 원래 거기 있었지만, 무언가가 있으므로
해서 보이지 않았던, 혹은 보지 않으려 했던 세계가.
📖 이나가키 에미코, 『그리고 생활은 계속된다』

일을 그만두기 전까지 넓은 집, 좋은 차, 비싼 옷, 두둑한 통장은 내 삶의 목표였다. 따라서 바쁘게 반복되는 일상, 산더미 같은 일, 스트레스, 가족과 거리두기 쯤은 당연히 감수해야 했다. 그때는 욕심 없이 소박하게 살아가는 사람들, 느림의 미학을 이야기하는 사람들을 애써 무시했다.

그러던 어느 날 미니멀라이프를 알게 되면서 더 많이 벌기 위해 아등바등하는 삶에 대한 회의가 들기 시작했다. 돈을 벌면서

무절제한 소비를 하던 때보다 옷 한 벌 제대로 사지 않아도 도서관과 서점에서 책을 읽고 글을 쓰는 생활이 백배는 더 행복했다. 욕망이 아닌 새로운 경험의 가치를 비로소 알게 되었다. 소유욕을 버리자 자유로워졌다. 채우는 기쁨 대신 버리는 즐거움을 터득한 것이다.

미니멀라이프를 실천하며 처음으로 중고 사이트를 이용했다. 예전에는 중고품은 거들떠보지도 않았다. 중고거래로 돈을 번다는 사람들을 이해하지 못했다. 하지만 마음을 바꾸고 실제로 해보니 재미가 쏠쏠했다. 사실 처음에는 내가 내놓은 물건이 팔릴까 반신반의했다. 최대한 정성스럽게 사진을 찍고 저렴한 가격에 물건을 올렸다. 예상과 달리 물건은 깜짝 놀랄 정도로 잘 팔렸다. 이런 식으로 오래된 게임기며, 사용하지 않는 소형 전자제품들을 중고 사이트에 팔기 시작했다.

오래 썼던 노트북 한 대는 하루 만에 거래가 이루어졌고 그 후로도 문자가 계속 이어졌다. 잘 팔리니 아깝다는 생각도 들었지만, 미니멀라이프를 실천하기로 마음먹은 이상, 책장 한구석에 방치된 물건을 가지고 있을 필요는 없었다. 더군다나 내게 필요 없는 물건이 다른 누군가와 인연을 맺고 쓰임새 있는 물건으로 재탄생한다고 생각하니 더 뿌듯했다.

미니멀라이프는 물욕에 빠져 지내던 지난날을 돌아보는 계기가 되었다. 집에 있는 물건을 하나하나 따져보니 필요 없는 물건이 더 많았다. 물건을 살 때는 내 삶에 엄청난 변화를 줄 거라고 기대한다. 하지만 기대감은 생각처럼 오래가지 않는다. 미니멀리즘의 가치를 좀 더 일찍 깨달았다면 얼마나 좋았을까? 하지만 늦었다고 생각할 때가 가장 빠를 때다. 지금이라도 미니멀리즘의 가치를 알게 되었으니 얼마나 다행스러운가. 중고거래로 가치를 나누는 일도 좋지만, 사자마자 버릴만한 물건은 처음부터 사지 않는 것이 더 중요하다. 이 깨달음을 잊지 않고 계속 이어갈 생각이다.

버릴수록 행복해지는 마법

물건을 없애면 가구가 필요 없어지고,

가구를 비우면 큰 집이 필요 없어지고,

큰 집이 필요 없어지면 조금 덜 벌어도 된다.

남는 시간과 돈을 더 가치 있는 다른 일에 사용할 수 있다.

황윤정, 『버리면 버릴수록 행복해졌다』

책 욕심이 많았다. 드라마 『시카고 타자기』에 나오는 유아인처럼 멋진 서재를 갖고 싶었다. 그러려면 큰 집이 있어야 했다. 미니멀라이프를 실천하면서 집안에 서재를 만드는 일에 관한 생각을 접었다. 물론 필요한 책은 반드시 구매하고, 책만큼은 돈을 아끼지 않으려고 한다. 하지만 내 욕심을 채우려면 한도 끝도 없다. 도서관은 이런 욕망을 잠재워 줄 좋은 장소다. 나는 도서관을 적극적으로 활용한다. 읽어 보고 꼭 필요한 책을 골라 구매한다. 그런 의미에서 도서관은 나만의 멋진 서재다.

먼지가 두껍게 내려앉은 책을 정리했다. 한곳에 모아놓으니 만만치 않은 양이었다. 헌책을 매입하는 사장님을 불렀다. 무게를 재보니 345kg이었다. 책값은 생각보다 적었다. 비록 양에 비해 적은 돈이었지만, 마음은 풍족했다. 필요한 책들만 모여 있으니 책을 더 자주 읽게 되었다. 잘 읽지 않는 책을 부담 없이 정리할 수 있었던 이유는 나만의 서재인 도서관이 있기 때문이었음은 말할 필요도 없다.

큰아들 방에 여유가 생겼다. 꽉 들어차서 여유가 없던 책장에 공간이 생기니 당장 써야 할 것들로 보기 좋게 채울 수 있었다. 옷을 바구니에 담아 언제든 편하게 꺼내 입을 수 있도록 책장에 가지런히 정리했다. 아들 책상에 있던 책꽂이도 없애고 책은 책장으로 옮겼다. 책장이 깔끔해지고 책상 위가 넓어지니 아들이 책상에 앉아 있는 시간도 늘어났다.

거실도 넓어졌다. 내 책상에 있던 책들도 여유가 생긴 책장에 차곡차곡 정리했다. 책장을 정리하면서 있는지도 몰랐던 물건들을 발견하는 소소한 즐거움도 맛보았다. 책과 옷으로 공간을 채우고도 자리가 많이 남았다. 남아 있는 공간은 우리 가족이 매일 사용하는 화장품, 드라이기, 약품 등을 바구니에 정리해 넣어두었다. 햇병아리 전업주부가 주부 9단이 된 것 같았다.

미니멀리스트가 되어 생활하니 큰 집이 필요하지 않았다. 대한민국에서 집만큼 큰 압박을 주는 것도 없다. 제일 큰 걱정거리가 사라지니 마음이 홀가분해졌다. 미니멀리즘 덕분에 작은 집도 얼마든지 넓게 쓸 수 있다는 사실을 깨달았다. 넘치게 담으려는 욕심을 내려놓으니 부족함을 느낄 새가 없다. 조금 덜 벌고 덜 쓰는 삶에 자신이 생겼다. 이렇게 나는 많은 사람과 공유하고 싶은, 버릴수록 행복해지는 마법을 경험했다.

24평 낡은 아파트에 사는 법

집은 간결하고 안락하고 실용적이어야 한다.

📖 도미니크 로로, 『심플하게 산다』

우리 집은 24평 오래된 아파트다. 27살에 결혼해 시부모님과 함께 지금의 집에서 신혼생활을 시작했다. 시동생도 함께 살았다. 지금 큰아들이 쓰는 방이 신혼 방이었다. 그 당시 가난한 집의 아들과 딸이던 우리가 따로 집을 장만하고 산다는 것은 엄두도 내지 못 할 일이었다. 얼마 후 큰아들이 태어났다. 지금은 시부모님도 모두 돌아가시고 시동생도 따로 나가 살지만, 그때는 좁은 집에 복닥복닥 모여 살았다.

주방 한쪽 벽에 있던 수납장을 없앴다. 네 칸 바구니에 들어 있던 물건들을 모두 정리했다. 정리한 물건들을 늘어놓고 보니 당분간 일회용품이나 치약, 칫솔 등은 사지 않아도 될듯했다. 주방 서랍도 정리했다. 쓰지 않는 물건을 빼고 한눈에 보일 정도의 쓸 것들만 남겨 두었다. 양념통도 깨끗하게 닦아 가스레인지 위 선반에 가지런히 진열했다. 보기에도 깔끔하고, 요리하면서 바로바로 꺼내 쓸 수 있어 한결 편해졌다.

사용하지 않던 오래된 그릇은 정리하고 자주 사용하는 것들만 손에 닿는 곳에 두었다. 냄비나 프라이팬도 겹쳐 두지 않고 눈에 보이도록 펼쳐놓았다. 한눈에 잘 보이니 요리 시간이 단축되었다. 욕실 바닥에는 아무것도 놓지 않기로 했다. 물때가 끼어서 지저분해지고, 욕실 청소할 때도 여간 성가신 게 아니다. 당장 필요하지 않은 것들을 치워버리니 샤워 공간이 넓어졌다. 청소도 편해졌다. 좁은 욕실이 깔끔하고 환해졌다.

미니멀리즘을 실천하고 보니 두 아들이 대학에 가고 군대에 다녀올 때까지도 지금의 아파트면 충분할 것 같았다. 큰 집으로 옮기는 일은 단순히 집값만의 문제가 아니다. 집이 넓어지면 그만큼 들어가는 비용도 많아진다. 씀씀이도 더 커질 수밖에 없다. 집을 옮기지 않으면 대출 걱정도 없고, 관리하는 비용과 시간 모두 절약된다. 마음을 고쳐먹는 것만으로 우리 가족은 많은 돈을 아꼈다. 좁다고 생각했던 집에 미니멀리즘을 실천하자 24평 우리 집이 넓어졌다. 세 남자는 집에 있을 때 가장 편안해 보였고, 나 역시 우리 집이 더 좋아졌다.

커가는 두 아들을 보며 대출이라도 받아서 큰 집으로 이사를 해야 하나 생각해 본 적도 있다. 다행히 두 아들은 좁은 집에 대한 불만을 단 한 번도 이야기하지 않았다. 더군다나 남편과 나는 빚까지 내가며 분에 넘치는 큰 집을 산다는 것이 내키지 않았다. 그렇게 아직도 복닥복닥 살던 집에 살고 있다. 미니멀리즘은 좁은 집이지만 생활하는 데 불편하지 않도록, 낡은 집이지만 우리 가족의 편안한 쉼터가 되게 해준 해결책이었다.

새벽이라는 이름의 선물

새벽의 시간, 날마다 스스로 회복해나갈 때
평단지기(平旦之氣, 이른 새벽에 얻을 수 있는 맑고 신선한 기운)가
우리를 돕는다. 욕심을 완전히 없애지는 못해도,
선한 본성은 점차 회복해나갈 수 있다.
조윤제, 『다산의 마지막 공부』

'일찍 일어나는 새가 벌레를 잡아먹는다'는 속담처럼 새벽 기상의 중요성은 오래전부터 익히 알려진 사실이다. 요즘 새롭게 새벽 기상이 화두로 떠올랐다. '미라클 모닝'이라는 말이 유행처럼 번지고 있다. 새벽 기상의 중요성이 다시 회자하는 데는 자기계발서 몇 권의 힘이 크다. 그 책들은 알고 있지만 잊고 있던 이야기를 꺼냈다. 성공한 사람 대부분은 아침 일찍 일어난다고 입을 모아 말한다. 하지만 새벽형 인간이 있듯이 야행성 인간도 있다. 그래서 어떤 사람들은 '일찍 일어나는 새는 피곤하다'라든지 '일

찍 일어나는 새가 일찍 잡아먹힌다'는 말로 위안을 삼는다. 그러나 새벽 기상을 습관화하려는 흐름은 쉽게 가라앉지 않을 듯하다.

나도 새벽을 좋아한다. 새벽 기상을 습관화하는 데도 성공했다. 아무도 깨지 않은 깜깜한 새벽에 일어나 하루를 시작하는 기분은 말로 표현하기 힘든 무언가가 있다. 새벽에 할 수 있는 일이 너무 많다. 새벽이라 더 잘 어울리는 일도 있고, 새벽에만 하고 싶은 일도 생겼다. 소풍 가기 하루 전날 잠 못 이루는 아이처럼 나는 매일 새벽을 기다렸다. 계획했던 일을 마무리하지 못한 날은 다음 날 새벽을 활용할 요량으로 일찍 잠자리에 들었다.

새벽 기상이 습관이 되니 여행을 가도, 늦게까지 사람들을 만나도, 온종일 김치 담그느라 피곤함에 지쳐 잠들어도 새벽 5시만 되면 눈이 떠졌다. 새벽은 내가 성장할 수 있는 기회를 선물했다. 다른 사람보다 일찍 하루를 시작하는 만큼 더 많은 시간을 사는 셈이다. 명상, 하루 계획 짜기, 요가, 산책, 글쓰기, 독서를 비롯해 내 하루의 시작은 조용하면서 분주했다. 직장생활을 할 때보다 해야 할 일이 많았다. 아니, 하고 싶은 일이 더 많아졌다는 표현이 맞을 것 같다. 지금 내가 해낸 일들은 모두 새벽에 일어났기 때문에 가능했다.

새벽 5시면 하루를 시작했다. 20여 년 동안 학원에서 늦게까지 수업하며, 술자리를 좋아했던 내가 새벽에 일어나기란 말처럼 쉬운 일은 아니었다. 그런데도 나는 새벽의 매력에 빠져버렸다. 어떻게든 몸을 일으켰다. 그때부터 식구들이 깨는 7시 30분까지는 온전히 나만의 시간이다. 그날 할 일 가운데 가장 중요한 일을 하거나 꼭 하고 싶은 일에 집중할 수 있는 유일한 시간이다.

나는 매일 시간을 선물 받은 기분이었다. 일을 그만두고 돈을 벌지 않아도 새벽이라는 선물 덕분에 마음만은 부자였다. 이루고 싶은 큰 꿈이 생기고 난 후부터 새벽은 더욱 소중했다. 거실 책상에 앉아 글을 쓰다가 동이 터 오는 모습을 보고 있노라면 작가의 꿈이 더 가까워지는 기분이 들었다. 그렇게 매일 나의 꿈을 향해 한 걸음씩 다가갔다.

새벽 산책의 매력에 빠지다

어린아이처럼 그는 모든 사물과 생소하게 만난다.
그는 영원히 놀라고, 왜, 어째서 하고 캐묻는다.
만사가 그에게는 기적으로 온다. 아침마다 눈을 뜨면서 나무와 바다와 돌과
새를 보고도 그는 놀란다. 그는 소리친다.
이 기적은 도대체 무엇이지요?
이 신비가 무엇이란 말입니까?
나무, 바다, 돌, 그리고 새의 신비는?

니코스 카잔차키스, 『그리스인 조르바』

새벽에 할 수 있는 많은 일 가운데 가장 추천하고 싶은 것은 단연코 산책이다. 새벽 산책은 활기찬 하루를 여는 최고의 방법이다. 다이어트에도 효과 만점이다. 산책은 나잇살도 막아준다. 땀 흘려 열심히 걷고 나면 많이 먹을 것 같아도 땀 흘린 시간이 아까워 오히려 덜 먹게 된다. 이것이야말로 일거양득이자 선순환이다. 좋은 몸매를 유지하면 어떤 옷도 잘 소화할 수 있으니 그야말로 금상첨화다. 산책을 추천하는 이유다.

우리 동네에는 그리 높지 않은 청량산이 있다. 컨디션 좋으면 정상까지 올라간다. 좀 피곤한 날은 청량산 둘레길을 천천히 걷고 온다. 처음 청량산에 올랐을 때는 왕복 1시간 30분이 걸렸다. 습관이 되고 나니 1시간 10분 정도로 줄었다. 길이 익숙해지니 보폭이 넓어지고 걸음도 빨라졌다. 사람이 뜸한 곳에서는 가볍게 달린다. 거친 숨소리와 함께 땀에 흠뻑 젖고 나면 기분이 상쾌해진다.

향긋한 나무 냄새를 맡으며 청아한 새소리에 장단 맞춰 걷다 보면, 다른 세상에 온 듯한 기분이 든다. 같은 장소지만 계절과 날씨 그리고 시간에 따라 풍경도 달라진다. 눈 부신 태양이 내리쬐다가도 검은 먹구름이 해를 가리고, 파릇파릇 새싹이 돋아나는가 싶더니 어느새 단풍이 지고 앙상한 나뭇가지가 모습을 드러낸다. 사람 사는 세상도 마찬가지다. 매일 보는 사람이고, 똑같은 일상이지만, 내 마음의 상태에 따라 태도가 달라진다. 산책이 준 소중한 교훈이다. 산책은 나에게 마약과도 같다. 산책의 매력에 푹 빠져버렸다.

비가 내리는 날에도 산책하러 나간다. 이슬비가 내리는 날, 우산을 쓰고 산에 오르는 경험은 다른 사람들은 모르는 비밀 하나를 갖게 된 것처럼 설레고 환상적이다. 비가 막 그친 뒤 오르는 새벽 산행의 풍경도 말해두고 싶다. 깨끗해진 산길에 핀 꽃들은 탐스럽고, 빗방울 맺힌 잎사귀는 싱그럽다. 나뭇가지 사이로 비추는 햇살은 새벽안개와 만나 신비롭기까지 하다.

몸이 좋지 않아 늦게 산에 오를 때면 '왜 꾸물거렸을까?' 하는 말이 절로 나온다. 산책은 의사의 그 어떤 처방보다 효과가 좋다. 몸에 에너지를 불어넣어 주고 답답한 가슴을 뻥 뚫어준다. 산 정상에 오르면 무엇이든 적당히 거리를 두어야 한다는 것을 새삼 깨닫게 된다. 산 정상에서 내려다보면 나를 힘들게 했던 세상이 모두 아름답게 보인다.

산은 인간에게 의연함과 대범함을 가르친다. 걱정해봐야 달라질 것도 없는 일에 아등바등하는 내게 모든 것을 훌훌 털어버리고 가벼워지라며 충고한다. 자연은 겸손함을 알려주고, 욕망의 허무함을 알려준다. 때로는 내 어깨를 토닥이며 위로해 주는 친구처럼 다가오기도 한다. 새벽 산책을 할 때마다 아낌없이 주는 자연에 고마움을 느낀다.

새벽 요가의 맛

요가는 천천히 가는 게 좋습니다.

천천히 가든 빨리 가든 꾸준히 하면 어디선가 만나게 되어 있습니다.

제주도 요가원 조르다 선생님

두 아들과 제주도 한 달 살기를 하며 새벽 요가의 맛을 알았다. 함덕 서우봉 해변에 자리 잡은 요가원에서 새벽 5시 30분부터 90분 동안 하타요가를 배웠다. 요가가 끝나면 선생님이 내려주시는 은은한 차를 마시며 담소도 나누었다. 제주도 요가는 거울로 둘러싸인 방에서 착 달라붙는 요가복을 입고 1시간가량 진행하는 도시 요가와 달랐다. 제주도 요가원은 그리 넓지 않고 거울도 없었다. 복장도 자유로웠다. 어떤 사람은 반바지를 입고, 또 어떤 사람은 트레이닝복을 입고 요가를 했다. 요가 동작도 많지 않았다. 대신 한 가지 동작을 오래 지속했다. 제주도 요가원에서 배운 요가는 요가라기보다 철학에 가까웠다. 온전히 내 마음을 들여다보는 수련의 시간이었다.

제주도에서 돌아와 새벽 요가원을 찾았다. 강사들이 다닐 정도로 수준 높은 하타요가원에서 6개월 정도 수련했다. 덕분에 어려운 동작도 잘 해낼 수 있었다. 어려웠던 '살람바 시르사아사나'라 부르는 물구나무서기도 무리 없이 소화했다. 하타요가 덕분에 몸과 마음은 더 차분해지고 더 단단해졌다.

너무 열심히 한 탓일까? 몸에 무리가 오기 시작했다. 몸이 불편하니 요가원 가는 길이 더 멀게 느껴졌다. 요가원은 집에서 왕복 1시간 거리다. 통증이 심해져 집에 있는 날이 조금씩 늘었다. 웬만한 동작은 혼자서도 할 수 있으니 집에서 수련하기로 마음을 바꾸었다. 집에서 수련하니 새벽 시간이 좀 더 여유로워졌다.

집에서 하다 보니 규칙적인 요가 생활에 금이 가기 시작했다. 단 몇 분이라도 새벽 요가를 한 날과 하지 않은 날의 차이는 컸다. 그 사실을 잘 알면서도 요가를 하지 않고 넘어가는 날이 많아졌다. 정해진 것도 아니고 누구와 함께하는 것도 아니기에 이런 저런 이유를 대면서 자신을 합리화했다. 살도 다시 찌기 시작했다. 능숙했던 동작도 제대로 나오지 않았다. 나태한 자신을 다시 일으켜 세워야 했다.

음악을 활용했다. 평소 잘 듣지 않는 클래식 음악을 틀어놓고 요가 수련을 했다. 비발디의 「사계」, 베토벤의 「월광 소나타」와 「엘리제를 위하여」, 슈베르트의 「숭어」, 차이콥스키의 「바이올린 협주곡」은 박웅현의 『여덟 단어』를 읽으며 꼭 한번 듣고 싶던 곡들이었다. 김정운의 『바닷가 작업실에서는 전혀 다른 시간이 흐른다』에서 권해준 프란츠 리스트의 「consolation(위로, 위안)」도 플레이리스트에 올렸다. 클래식과 요가는 은근히 잘 어울린다. 나와 음악만이 존재하는 새벽 요가는 평범한 하루를 특별하게 만드는 소중한 시간이다.

물구나무서기 동작을 하면 머리가 맑아진다. 이때 잠시 눈을 감고 명상에 들어간다. 오늘 하루를 계획하고, 글의 소재를 생각하고, 지난 하루를 돌아본다. 마지막으로 건강한 하루를 다짐한다. 잔잔한 음악과 함께 물구나무서기 동작을 15분 정도 하면 배에 힘이 들어가고 허리와 척추가 곧게 펴진다. 이어서 땀이 흐르고 몸이 따뜻해지는 느낌을 받는다. 이 느낌이 너무 좋다. 꼿꼿한 나무처럼 반듯하고 힘찬 하루를 다짐하며 요가를 끝낸다. 새벽 요가는 성실하게 하루를 살게 하는 마음속 스승이다.

요가 강사에 도전하다

네가 이루고 싶은 게 있거든 체력을 먼저 길러라.
평생 해야 할 일이라고 생각되거든 체력을 먼저 길러라.
게으름, 나태, 권태, 짜증, 우울, 분노 모두 체력이 버티지 못해서,
정신이 몸의 지배를 받아 나타나는 증상이다.
드라마 『미생』

일을 그만두고 불어나는 살과 나태해진 자신을 바로 잡고자 요가를 시작했다. 요가를 하다 보니 더 큰 욕심이 생겼다. 시간 탓, 나이 탓을 하며 주저했던 요가 강사 자격증에 도전했다. 젊은 요가 강사들처럼 예쁘지도 날씬하지도 않지만, 근력과 유연성만큼은 자신 있었다. 또 요가 자격증이 내게 유용한 이력이 되리라는 생각도 들었다. 살도 빼고, 멋진 이력도 추가할 수 있는 요가 강사 자격증은 이래저래 도전할 만한 가치가 있었다.

6개월 동안 진행하는 요가 지도자 과정 수업을 들었다. 20대 초반의 어린 친구들부터 나와 비슷한 또래의 40대까지 다양한 연령층의 사람이 함께 수업했다. 동기 가운데 제일 뚱뚱한 몸매였지만 근력과 유연성만큼은 뒤지지 않았다. 강사로부터 칭찬도 많이 들었다. 우리는 하루하루 동기라는 이름으로 유대를 강화해 나갔다. 모두 자격증 취득을 목표로 열심히 수련했다.

요가 지도자 과정은 단순히 살을 뺄 요량으로 배우는 동네 요가와는 다르다. 어설픈 동작은 허용되지 않았다. 정확하고, 완성도 높은 동작을 요구했다. 시험 과목 중 하나인 티칭 또한 독한 연습이 필요했다. 장난이 아니구나 싶었다. 모든 일이 그렇듯이 대충 흉내 내는 건 할 수 있어도 제대로 잘 해내기란 쉽지 않다.

요가 지도자 과정을 시작하면서 체중을 10kg 정도 빼겠다고 마음먹었지만 잘되지 않았다. 요가 수련을 통해 근육이 늘고 체력은 좋아졌지만, 체중은 좀처럼 줄지 않았다. 산책처럼 가벼운 운동과 달리 자격증 취득을 목표로 배우는 강도 높은 요가 수련은 체력 소모가 많았고 그만큼 식욕도 늘어날 수밖에 없었다.

시험을 앞두고 요가 강사가 되어 직접 요가 수업을 진행했다. 일종의 리허설인 셈이다. 생전 처음으로 스무 명 가까이 되는 사람들 앞에서 요가 수업을 진행해야 했다. 긴장되고 부담스러웠다. 리허설은 자연스러워질 때까지 여러 번 진행되었다. 목소리를 녹음해 듣기도 했다. 큰 실수 없이 무사히 리허설을 마쳤다. 어쩌면 처음이자 마지막이 될지도 모르는 경험이었기에 더 잘할 걸 하는 아쉬움이 남았다. 하지만 영원히 잊지 못할 추억 하나를 만들었다는 생각에 기분은 좋았다. 새로운 일에 대한 도전은 긴장되면서도 설렌다. 시도하지 않으면 절대로 못 느낄 짜릿함을 선사한다.

요가 지도자 과정이 모두 끝났다. 매주 토요일 5시간씩 요가 지도자 과정 수업을 듣고, 요가원에 가서 1시간 이상 수련했다. 요가 시범 수업을 거쳐 자격 검정 시험까지 6개월 동안의 대장정이 막을 내렸다. 모든 과정을 끝내고 나니 홀가분했다. 이제 정말 요가를 즐길 일만 남았다고 생각했다.

자격 검정 시험이 끝난 토요일 밤, 그동안 함께 고생한 동기들과 선생님이 모여 간단한 자축 파티를 했다. 예쁘고 착한 사람들과 함께여서 너무나 즐겁고 유쾌한 시간이었다. 40대 중반의 나이에 시작한 요가 강사 도전은 해피엔딩으로 끝났다. 자격증도 취득했고, 소중한 인연도 만들었다. 이만하면 일할 때보다 더 훌륭한 성과와 보람을 얻었다고 자부해도 좋을 듯하다.

요가에서 배우는 인생철학

무리인지 아닌지는 해보지 않고는 알 수 없다. 때로는 다쳐가며,

아파해가며 배워가는 것 또한 자연스러운 것 아닐까.

📖 이아림, 『요가 매트만큼의 세계』

요가 강사 자격증을 취득하고 잠시 쉬었다가 다시 새벽 수련을 시작했다. 새로 시작한 하타요가원은 주로 강사들이 수련하는 곳이다. 동작의 난이도도 높고 수련시간도 길었다. 땀이 비 오듯 쏟아졌다. 힘들어도 이를 악물고 참았다. 자신과의 치열한 싸움에서 승리했다는 보람과 짜릿함을 포기할 수 없었다. 몸으로 전해지는 전율이 너무 좋았다.

하타요가를 하기 전 한동안 요가 수련을 쉬었던 이유는 따로

있다. 오른쪽 좌골에 심한 통증이 있었기 때문이다. 오른쪽 엉덩이 근육이 찢어질 듯 아파 기본적인 요가 동작조차 쉽게 되지 않았다. 요가에 대한 두려움이 커지자 자연스럽게 요가를 멀리하게 되었다.

그런데 하타요가 수련을 하면서 오히려 통증을 덜 느꼈다. 어려운 동작도 힘들이지 않고 할 수 있었다. 통증이 사라진 것은 아니었다. 대신에 통증을 견디는 요령이 생겼다. 아프다고 피하는 것만이 능사는 아니라는 것을 배웠다. 잠깐의 두려움으로 포기해 버린다면 내가 어느 정도까지 견딜 수 있는 사람인지 알 수 없다. 나의 한계를 알면 한계를 뛰어넘었을 때의 짜릿함은 두 배로 커진다. 나는 좌골 통증과 함께 완벽한 자세를 취할 수 있게 되었다.

요가를 하면서 안 되는 일은 없다는 걸 깨달았다. 힘들어도 안 되는 동작을 숱하게 반복하다 보면 동작이 완성되고 성취감과 재미가 느껴졌다. 노력은 배신하지 않는다. 하고 싶은 것, 바라는 것이 있을 때 얼마나 꾸준히 하느냐가 중요하다. 절대 안 될 것 같던 동작도 반복하다 보면 어느새 무리 없이 하게 되는 것이 요가다. 이처럼 우리 주위에는 지치거나 포기하지만 않는다면 이룰 수 있는 일들이 많다.

요가를 처음 시작하면 여기저기 안 아픈 데가 없다. 그래서 중간에 포기하거나 한계를 그어버린다. 적당한 수준 이상의 노력을 하지 않는다. 이 정도면 됐다고 규정한다. 하지만 이 단계를 넘어서야 한다. 계속 수련하다 보면 불편함이 시원함으로 바뀐다. 이때부터 한계는 무너진다. 통증도 온데간데없이 사라진다. 통증이 사라지는 순간 동작의 완성도는 높아진다. 그리 오래 걸리지 않음에도 이 단계까지 오는 사람이 드물다. 요가에서 얻은 성취감은 우리 삶에도 적용된다. 어려운 일에 부딪혔을 때 포기하지 않고 한번 해보자는 배짱이 생긴다. 고비를 넘기면 괜찮아진다는 사실을 알게 된 것만으로도 요가는 배울만한 충분한 가치가 있었다.

요가 수련을 할 때는 깊고 긴 호흡을 해야 한다. 숨이 차오르는 어려운 동작을 하면서 안정된 숨을 쉬기란 쉽지 않다. 폭발할 것 같은 감정도 시간이 지나면 모두 사라지듯 수련의 시간이 쌓여갈수록 숨소리는 안정적으로 바뀐다. 요가 수련은 삶과 아주 많이 닮았다. 나는 매일 요가를 통해 인생을 배운다.

매일 아침 써봤니?

매일의 기록이 쌓여 비범한 삶이 된다.

꾸준한 오늘이 있기에, 내일은 무한하다.

김민식, 『매일 아침 써봤니?』

취미가 같은 사람을 만나면 반갑다. 게다가 그 사람이 성공한 사람이라면 더 그렇다. 그런 사람이 쓴 책이라면 읽어 볼 가치가 있다. 전업주부가 되고 얼마 후 서점에서 우연히 김민식 PD가 쓴 『매일 아침 써봤니?』를 읽었다. 김민식 PD는 매일 아침 블로그에 한 편의 글을 쓰는 것만으로도 삶의 많은 부분이 달라졌다고 했다.

이 책을 읽으며 블로그를 나만의 놀이터로 만들기로 결심했다.

매일 아침 5시에 일어나 하루를 시작하고, 블로그에 글 쓰는 일을 습관화한다면 내 삶도 달라지지 않을까 생각했다. 김민식 PD처럼 생각하지 못했던 좋은 기회를 얻게 될지도 모른다는 기대를 품었다.

책을 다 읽은 후 김민식 PD의 강의를 들었다. 강의 제목은 「행복은 강도가 아니라 빈도」였다. 돈을 쓰지 않아도 하루하루 반복되는 일들로 행복하게 살 수 있다는 내용이다. 매일의 기록이 쌓여 비범한 삶이 된다는 저자의 말도 힘이 되었다. 꾸준히 노력하는 오늘이 있기에, 희망으로 가득 찬 내일을 맞이할 수 있다는 기대를 품으며 매일 읽고 쓰고 생각하며 살아가기로 마음먹었다.

3년 넘게 블로그에 글을 썼고, 그 가운데 2년 동안은 하루도 빠짐없이 글을 썼다. 글을 쓴다고 삶이 덜 힘든 것은 아니지만, 험난한 파도에 견디는 힘만큼은 강해졌다. 힘들 때마다 하늘을 쳐다보며 '왜 나한테만 이렇게 가혹하냐'며 원망하는 대신 나보다 더 힘든 사람들을 생각하고 내가 가진 것들을 생각하며 블로그에 글을 썼다. 글을 쓰다 보니 내가 얼마나 많은 것을 누리고 사는지 알게 되었다. 글은 나를 다독이는 좋은 도구였다.

매일 블로그에 글을 쓴다. 꾸준히 글을 쓰는 가장 큰 이유는 글을 쓸 때 가장 괜찮은 사람으로 변하기 때문이다. 다른 어떤 일을 할 때보다 순수하고 정직해지며, 주변을 돌아보고 타인을 염려한다. 좋은 책을 읽고 열심히 글을 쓰다 보면, 삶을 바라보는 태도가 바뀌고 가슴은 뜨거워진다. 때로는 앙다문 입술로 의지를 드러내기도 하고, 때로는 부드러운 손길로 나를 어루만지기도 한다. 글을 쓰지 않았다면 삶이 나를 흔들 때마다 버티지 못했을 것이다.

내가 쓴 글이 누군가에게 버팀목이 되면 좋겠다. 삶이 힘들어도 혼자가 아니라는 사실을 깨닫게 해주고 싶다. 당신 곁에는 힘들어도 열심히 성실하게 살아가려고 노력하는 사람도 많다는 것을 알려주고 용기를 북돋아 주고 싶다. 내가 쓴 글이 누군가에게 보탬이 되는 날이 올 것이라고 믿으며 나는 매일 아침 글을 쓴다.

독학 글쓰기

출판사에서 원하는 책들은 그런 게 아닙니다.
누군가의 콘텐츠가 한 권의 책으로 출간되기 위해서는 그런 방식이면
안 됩니다. 유사한 패턴의 글쓰기, 비슷비슷한 구성, 어디선가
본 거 같은 콘셉. 어떻게 해서든 책을 낼 수는 있겠지요.
그러나 사랑받을지는 의문입니다.
📖 양춘미, 『출판사 에디터가 알려주는 책쓰기 기술』

나이 50을 코앞에 두고 작가가 되겠다는 절실한 꿈이 생겼다. 나이가 나이인지라 마음이 급했다. 하지만 글쓰기란 것이 하루아침에 완성되는 일이 아니다. 잘 쓰고 싶다는 마음만으로 잘 쓸 수는 없다. 유일한 방법은 매일 꾸준하게 쓰는 것뿐이다. 매일 꾸준히 쓰려면 강인한 의지가 있어야 한다. 하지만 이것만으로는 부족했다. 나보다 앞서 나간 사람들의 도움이 필요했다. 내 책을 쓸 수 있다는 자신감을 얻고 싶고, 쉽게 포기하고 싶지 않았다. 그래서 글쓰기 관련 책을 읽기 시작했다.

혼자 책을 읽고 글을 쓰다 보니 내가 가는 방향이 맞는지 불안할 때가 많았다. 정말 내 책을 쓸 수 있는 날이 올까 하는 의구심이 들기도 했다. 큰돈을 써서라도 이름 있는 '책쓰기 코칭'을 받아볼까 생각도 해보았다. 하지만 코칭만 받으면 바로 책을 낼 수 있다거나 책 한 권으로 인생 역전이 가능하다거나 지금까지 몇 권의 책을 냈다고 자랑삼아 늘어놓는 홍보 문구에 오히려 반감이 생겼다. 그들처럼 책을 찍어내듯 쓰고 싶지 않고, 책 한 권으로 인생 역전을 바라지도 않는다. 시간이 걸리더라도 내가 읽은 수많은 책이 나를 흔들었듯이 독자의 마음을 흔들 수 있는 책을 쓰고 싶었다.

글쓰기로 고민하던 그때 양춘미 작가의 책을 만났다. 『출판사 에디터가 알려주는 책쓰기 기술』의 프롤로그를 읽는 것만으로도 내 고민의 절반이 해결되었다. 이 책은 다른 글쓰기 책과 달랐다. 내 책을 만들고자 할 때 어떤 길이 바른길인지 방향을 제시해주었다. 특히 '책쓰기 코칭'과 관련한 내용이 인상 깊었다.

양춘미 작가는 책은 돈으로 만드는 일이 아니라고 강조한다. 엉뚱한 곳에 돈과 시간을 낭비해서는 안 되며 천천히 자신을 갈

고닦을 것을 권한다. 누군가에게는 '책쓰기 코칭'이 좀 더 쉽고 덜 외로운 방법일지도 모른다. 하지만 나는 어렵고 외롭더라도 자신을 벼리고 벼리며 앞으로 나아가고 싶었다. 양춘미 작가의 책을 읽으며 내 결심은 더 단단해졌다. 갈 길을 정하고 나니 개운했다. 더 열심히 읽고 더 성실하게 쓰는 일만 남았다고 생각했다.

모든 일이 그렇듯이 글쓰기도 가끔 힘들 때가 있다. 이런저런 핑계를 대며 게을러지려고 할 때 은유 작가의『쓰기의 말들』을 떠올린다. 은유 작가는 글을 쓰고 싶어 하는 사람들에게 일상의 구조 조정이 필요하다고 한다. 글쓰기에 투자할 최소한의 시간을 확보해야 한다는 뜻이다. 회사에 출근해야 하고 친구도 만나야 하며, 여행도 가야 하고 잠도 푹 자야 하는 사람에게 글쓰기는 쉬운 일이 아니다. 잡은 것을 놓지 않으면 그 손으로 다른 것을 잡을 수는 없다.

은유 작가는 글 쓰는 사람으로 거듭나고자 한다면 포기할 것들을 먼저 떠올리라고 한다. 냉정한 각오도 없이 좋은 작가가 될 수 없다. 진짜 소중한 것을 얻으려면 덜 소중한 몇 가지쯤은 내놓을 각오를 해야 한다. 그것이 바로 삶의 진리다.

일상을 구조 조정하다

퇴화한 집오리의 한유(閑遊)보다는
무익조(無翼鳥)의 비상하려는
안타까운 몸부림이 훨씬 훌륭한 자세이다.
📖 신영복, 『감옥으로부터의 사색』

나이가 들수록 몸이 예전 같지 않음을 절감한다. 아무리 하고 싶은 일이 많아도 체력이 뒷받침하지 않으면 아무 소용없다. 하루도 빠짐없이 글을 쓰겠다고, 정해진 기간 안에 완성작을 만들겠다고 다짐했다면 흐트러지지 않을 나만의 생활 규칙을 세워야 한다. 무라카미 하루키의 말처럼 글을 쓴다는 것은 육체적인 힘과 정신적인 힘의 균형이 필요한 일이다.

지금도 거의 매일 글을 쓰고 있지만, 솔직히 말하면 잘 써지는 날보다 잘 안 써지는 날이 많다. 글이 써지지 않을 때면 이상하게 배가 고프다. 밥으로 글의 소재가 채워질 리 없건만 그래도 허기는 달래야 한다. 배가 부르니 이번에는 글 쓰는 일이 더 귀찮아진다. 배 속은 든든한데 머릿속은 공허해지는 일이 갈수록 많아졌다.

예전에는 글이 안 써지면 술로 마음을 달랬다. 글 쓰고 싶다는 간절함을 안주 삼아 술을 마셨다. 술을 마시면서 오늘은 쉬었으니 내일 더 많이 써야지 하고 다짐하곤 했다. 하지만 다음 날은 또 다른 이유를 대며 글쓰기를 미뤘다. 집안일, 친구와의 약속 등을 핑계 삼아 글 쓸 시간이 어디 있냐며 툴툴대면서도 술자리는 잘만 찾아다녔다. 친구와 술은 마음을 편하게 해줄지 몰라도 나 대신 글을 써주지는 않는다.

글을 쓰면서 느낀 점 하나는 가벼워지고 싶다는 욕망이다. 몸이 무거우니 이성도 역할을 제대로 하지 못하는 것 같았다. 무엇보다도 내 몸 하나 관리하지 못하면서 다른 사람에게 선한 영향력을 미치는 좋은 글을 쓰겠다는 것 자체가 어불성설이다. 그래서 새벽 산책과 요가에 더 공을 들였다. 덜 먹고, 덜 마시면서 몸을 관리하고, 날렵한 이성의 힘으로 날카롭고 깔끔한 글을 쓰고 싶었다.

20년 넘게 해 오던 일을 그만두고 전업주부로 지내면서 소중한 꿈을 갖게 되었다. 복잡하고 바쁜 일상에서 아름답게 빛나는 꿈을 지켜내기란 쉽지 않지만, 읽고 쓰고 강연하는 삶을 목표로 열심히 살아온 덕분에 작가가 될 기회가 찾아왔다. 뛸 듯이 기쁜 순간이었지만, 또다시 작은 시련이 찾아왔다. 이런저런 사정으로 집중하기 어려운 상황이 겹치면서 몸과 마음이 뜻대로 움직여주지 않았다.

일상과 소중한 꿈과의 균형이 어느 때보다 절실했다. 읽고 쓰는 소중하고 가치 있는 삶을 이어가기 위해 일상의 구조 조정이 필요했다. 금주를 선언하고, 요가원에서 하던 요가를 홈 요가로 바꾸었다. 완벽한 주부가 되겠다는 생각도 버렸다. 그렇게 집안일도 최소화했다. 이외에도 복잡한 일들을 기억에서 지우고 선택과 집중, 단순화, 힘 빼기, 가벼워지기 등 그동안 책에서 배운 방법들을 총동원했다. 사소한 것들에 흔들리거나 무너지지 않아야 내 꿈을 지킬 수 있다고 생각했다. 평범한 내 일상에 특별한 꿈이 더해졌으니 그 어느 때보다 힘을 내야 했다. 마음을 새롭게 다지자 조금씩 일상이 변하기 시작했다.

유쾌한 주용씨로 거듭나다

내가 쓴 글이 곧 나다. 부족해(보여)도 지금 자기 모습이다.
있는 그대로의 자신을 드러내고 인정한다는 점에서,
실패하면서 조금씩 나아진다는 점에서 나는 글쓰기가 좋다.
쓰면서 실망하고 그래도 다시 쓰는 그 부단한 과정은 사는 것과 똑 닮았다.
📖 은유, 『글쓰기의 최전선』

국어논술학원을 운영하던 2012년, 처음 블로그를 시작했다. 그때는 글을 쓰려는 마음보다 학원을 알리려는 마음이 더 컸다. 아직도 내 블로그에는 그 당시 썼던 53개의 글이 흔적으로 남아 있다. 쓰고 싶어서 쓴 글이 아니라 홍보 목적으로 글을 쓰다 보니 전혀 즐겁지 않았다. 2017년 봄, 10년간 운영하던 학원을 정리하면서 더는 학원 이야기를 쓰지 않았다.

전업주부 생활이 서툴렀던 나는 집 안 정리와 식사 준비를 하면서 한동안 바쁘게 지냈다. 가족과 함께 식사하고 주말에는 영화도 보러 갔다. 그렇게 두 달 정도 지났을 무렵, 조금씩 남는 시간이 아깝게 느껴졌다. 관심거리를 찾다가 서점을 들렀고 그때부터 책은 내 삶의 일부가 되었다.

그해 여름, 학원 원장이 아닌 인간 이주용으로 처음 블로그에 글을 썼다. 블로그 이름도 '이주용 국어논술학원'에서 '유쾌한 주용씨'로 바꾸었다. 학원생들도 주변 사람들도 내 이야기를 듣고 있으면 유쾌해진다고 했다. 그때는 힘들어도 겉으로는 밝게 보이려고 많이 애썼다. 앞으로는 겉과 속이 모두 밝은 사람으로 살겠다는 소망과 의지를 담아 '유쾌한 주용씨'로 정했다. '유쾌한'이라는 단어가 주는 어감도 마음에 들었다. 다른 사람들에게 유쾌한 에너지를 주는 사람으로 살고 싶다는 바람은 지금도 마찬가지다.

일을 그만둔 '유쾌한 주용씨'는 열심히 책을 읽고, 일기를 쓰고, 영어 공부도 했다. 다이어트도 하고, 등산도 다녔다. 요가 강사 자격증도 취득했다. 일을 그만두고 오롯이 내 것이 된 24시간을 많은 것들로 채워갔다. 그 소중했던 시간이 내 블로그에 고스란히 남아 있다.

2018년 가을, 아빠가 돌아가시고 그해 10월부터 매일 아침 블로그에 글을 썼다. 2년 넘게 하루도 빠짐없이 해오고 있다. 덕분에 블로그 이웃도 많이 늘었다. 내 글을 읽고 공감해 주고, 댓글로 의견을 나누는 분들이 점점 늘어나면서 책임감과 함께 보람을 느꼈다. 처음부터 누군가에게 반응을 얻으려고 쓴 글은 아니다. 책을 읽으면서 감동한 내용이나 좋은 문장들을 잊지 않으려고 쓰기 시작했다. 말하자면 순수하게 나 자신만을 위한 글쓰기였다.

블로그에 글 쓰는 일이 습관이 되면서 주제를 고민하기 시작했다. 내일은 어떤 소재로 글을 쓸까 생각하며 하루를 보냈다. 좋은 글을 쓰려면 그만큼 많이 알아야 했다. 그때부터 책도 더 열심히 읽고, 꼼꼼하게 정리했다. 걷다가 무심히 지나쳤던 곳도 눈여겨보았다. 한마디로 쓸거리를 찾아 어슬렁거리는 하이에나 같았다. 블로그를 열심히 하면서 일상에서 마주치는 모든 것들이 특별해 보이는 기적을 만났다. 사소한 것 하나하나에도 나름의 의미를 부여했다.

돈 한 푼 생기지 않는 일이지만, 나는 매일 블로그에 글을 올렸다. 글 쓰는 일이 습관이 되면서 게으름을 피울 수가 없었다. 전날 피곤한 일이 있어도, 모두가 늦잠을 자는 주말에도 새벽이면 눈이 떠졌다. 몸이 무거워도 노트북을 켜놓아야 마음이 편할 정도였다. 힘도 들었지만 하루도 거르지 않고 썼던 블로그의 글 덕분에 나는 새로운 꿈을 꾸게 되었다.

하루도 빠짐없이 새벽에 일어나 글을 쓰는 내게 남편은 대단하다며 엄지손가락을 들어 보였다. 가장 가까운 사람이 해주는 칭찬만큼 기분 좋은 일도 없다. 남편의 칭찬에 자존감이 높아졌다. 더 잘해야겠다는 욕심도 생겼다. 칭찬은 고래도 춤추게 한다. 진심을 다해 쓴 글에 누군가 공감해주고 따뜻한 댓글이 달리면 그날 나의 발걸음은 춤을 추었다. 이런 일이 많아지면서 나는 더 유쾌한 주용씨가 되어 갔다. 블로그는 책과 함께 내게 많은 것을 가져다준 소중한 선물이다.

샤오예의 『나의 최소주의 생활』

청림출판, 2018

미니멀라이프의 첫걸음이 되어준 책이다. 소유가 목적이던 내 삶에 대한 깊은 반성과 후회, 그리고 미니멀라이프를 지향하며 새처럼 가볍고 자유로워질 나를 상상해보는 기분 좋은 독서였다.

샤오예는 최소주의가 정리와 수납 과정에서 정신적 즐거움과 만족을 누리는 일이며, 삶을 살아가는 일종의 태도이자 자세라고 한다. 세상의 모든 물건이 눈에 들어오지 않고 필요한 것만 보이기 시작할 때, 우리 내면은 더욱 성숙해질 것이라고도 한다.

충동적으로 사들인 옷과 화장품, 그리고 신발을 비롯해 많은 것이 지금은 고스란히 버려야 할 목록에 올라와 있다. 이제 더는 필요 없는 물건을 고르고 사는 데 에너지를 쓰지 않겠다고 다짐했다. 어떤 옷을 입고 나갈지 고민하고, 물건을 찾는 데 허비하는 시간만 따로 모아도 자기 계발에 필요한 독서와 글쓰기 시간을 따로 확보하려고 애쓸 필요가 없을 것 같았다.

평소 다이어리를 많이 활용한다. 효율적인 시간 관리를 하려고 다이어리를 쓴다. 열심히 쓰다 보니 갈수록 다이어리의 수가 늘어났다. 생활의 편리함과 기억을 대신해 주는 다이어리에 너무 많은 시간을 빼앗겼다. 어느 순간부터 다이어리를 쓰는 일 자체가 부담스러워지기 시작했다. 미니멀라이프를 실천하면서 다이어리도 다이어트에 들어갔다. 중요한 것만 간단하게 적어두기로 했다. 내게 필요한 것들 위주로 선택한 다음, 원치 않거나 쓸모없는 것을 내려놓는 연습을 다이어리에도 적용했다.

물건을 살 때 꼭 필요한 물건 위주로 실용성을 갖춘 최고의 제품을 구매하면 좋다는 작가의 말에 귀가 솔깃했다. 비싸더라도 품질 좋은 물건 하나면 오래 쓸 수 있다. 자주 교체하는 데 드는 비용과 수리하는 데 드는 비용까지 생각하면 오히려 돈과 시간을 더 아낄 수 있다. 앞으로 VIP 고객이 아닌 현명하고 똑똑한 소비자가 되기로 했다.

샤오예는 자신에게 긍정적인 에너지를 심어주는 유쾌하고 부담 없는 관계야말로 진정으로 보호할 만한 가치가 있는 사회적 교제라고 한다. 책을 읽으며 의미 없는 만남으로 시간과 감정을 낭비하는 것은 아닌지 돌아보았다. 불필요한 만남을 줄이고 중요하지 않은 자리는 될 수 있으면 피했다. 깔끔하게 정리하고 나니, 내가 소중히 여기는 사람들에게 최선을 다하면서도 자신에게 더욱 집중할 수 있어서 좋았다.

불필요한 일에 에너지와 감정을 낭비하지 않고 평상심을 유지하면서 균형감각을 가지고 심플하게 사는 것. 최소주의 생활이야말로 내가 추구하고 싶은 삶이다.

📖 함께 읽으면 좋은 책 📖

▶ 『심플하게 산다』, 도미니크 로로, 바다출판사, 2012
▶ 『그리고 생활은 계속된다』, 아나가키 에미코, 엘리, 2018

4장

계속
꿈꾸며
살아가기

중년의 시간

사십대에는 좀 넉넉한 시간의 옷이 필요한 것 같다.
빈틈없이 날카로운 잣대는 늘어진 뱃살 드러나는 쫄티처럼
이제 내게 안 어울린다. 갑갑하고 각박하다.
남 보기에도 안 좋고 나도 불편하다. 아무지게 살려니 체력도 달린다.
오래된 휴대폰처럼 일 하나 처리하면 어느새 배터리가 한 칸만 남는다.
아무래도 다른 삶의 방식으로 살아야 할 때인가 보다.
게으름을 지혜의 알리바이로 삼지는 말되, 게으름이 아닌 느긋함으로,
조급함이 아닌 경쾌함으로, 주변의 것들과 어우러지는 행복한 삶의 속도를
만들어 나가야겠다. 올라갈 때 못 본 그 꽃, 내려올 때 볼 수 있도록.

📖 은유, 『올드걸의 시집』

남편과 인천대공원을 걸었다. 인천 사람들은 전부 이곳에 모였나 싶을 정도로 많은 사람으로 넘쳐났다. 날씨도 매우 화창했다. 오랜만에 보는 양털 구름과 파란 하늘이 기분을 들뜨게 했다. 내친김에 이곳저곳을 쉬지 않고 걸었다. 더 나이 들면 걷고 싶어도 못 걷는다는 생각에 무리한다 싶을 정도로 걸었다. 아니나 다를까 집에 돌아오니 다리가 아팠다. 내 다리가 아닌 것 같았다. 남

편도 앓는 소리를 냈다. '더 나이 들면'이 아니라 벌써 그런 나이로 접어든 것일까? 서글픈 일이다. 걷기도 쉬운 일이 아닌 그런 나이가 된다는 것은…….

초등학교 다닐 때 선생님은 이렇게 말했다. "책을 볼 때는 책에 눈을 바싹 갖다 대지 말고 30cm 정도 거리를 두고 읽어야 해요." 하지만 나를 비롯한 아이들은 그 말을 잘 따르지 않았다. 그런데 지금은 지키고 싶지 않아도 저절로 그렇게 된다. 책과 가까워질수록 눈과 책 사이는 점점 멀어진다. 안경을 벗지 않으면 가까이 있는 물체가 잘 보이는 않는 나이가 되었다. 서글픈 일이다. 책 읽기도 쉬운 일이 아닌 그런 나이가 된다는 것은…….

언젠가부터 배에 힘을 줘도 팽팽하게 당겨지지 않는다. 아무리 용을 써도 축 늘어진 뱃살은 그대로다. 운동을 해도 마찬가지다. 더 야속한 것은 아무리 힘을 줘도 들어가지 않는 뱃살이 조금만 배 불리 먹으면 금세 불룩해진다는 것이다. 중년의 나이에도 멋진 복근을 만들어내는 사람들을 보면 도대체 배에다 무슨 짓을 한 건지 궁금해진다. 나는 불룩 튀어나온 윗배와 탄력을 잃은 아랫배를 보며 다짐한다. 폭식과 과음을 하지 않겠다고, 요가로 더

처지는 것만큼은 막겠다고 말이다. 서글픈 일이다. 아무리 힘을 줘도 뱃살이 들어가지 않는 그런 나이가 된다는 것은…….

그래도 다행인 점은 서글픈 몸을 받아들이기에 딱 좋은 나이가 중년이라는 사실이다. 봄에 화사하게 꽃을 피운 나무도 때가 되면 꽃잎이 떨어진다. 초록의 싱그러움 다음에는 갈색 단풍이 그 나름의 아름다움을 뽐낸다. 자연의 이치를 누군들 거스를 수 있을까? 10대의 꿈, 20대의 청춘, 30대의 혈기왕성함과는 멀어졌지만, 중년의 유연성으로 자연을 바라볼 수 있는 여유가 생겼다. 기쁜 일이다. 세상을 좀 더 여유롭게 바라볼 나이가 된다는 것은…….

화려하고 멋진 순간이 모두 사라져도 자연은 아쉬워하지 않는다. 내년 봄이면 다시 꽃을 피울 수 있기 때문이다. 자연은 반복되는 생을 살아갈 수 있으니 지금의 삶에 미련을 두지 않는다. 하지만 인간은 다르다. 사람에게는 지나간 청춘이 애달프기만 하다. 자연과 달리 사람은 다시 돌아갈 수 없기 때문이다. 앙상한 가지에 눈꽃을 피운 겨울나무처럼 머지않아 노년의 시간이 온다. 노년을 두려워하기보다는 추억으로 남을 중년의 시간이 좀 더 아름답기를 바라는 마음이 간절하다. 그래서 나는 오늘도 좋은 책을 읽고, 열심히 글을 쓴다. 멋진 중년의 추억을 만들기 위해.

카르페디엠, 현재를 살아라

아침을 열 때는 공동체와 나의 죽음을 생각하는 것이 좋다.
첫째, 이미 죽어 있다면 제때 문상을 할 수 있다. 둘째, 죽음이 오는 중이라면
죽음과 대면하여 놀라지 않을 수 있다. 셋째, 죽음이 아직 오지 않았다면 남은
생을 어떻게 살 것인가에 대해 보다 성심껏 선택할 수 있다.
넷째, 정치인들이 말하는 가짜 희망에 농락당하지 않을 수 있다.
다섯째, 공포와 허무를 떨치기 위해 사람들이 과장된 행동에 나설 때
상대적으로 침착할 수 있다.
📖 김영민, 『아침에는 죽음을 생각하는 것이 좋다』

토요일 아침이었다. 늦잠 자던 남편의 휴대전화가 시끄럽게 울어댔다. 잠시 후 남편의 한숨 섞인 목소리가 들려왔다. 주방에서 생선을 굽던 나는 불길한 느낌에 안방 문을 열고 남편의 표정을 살폈다. 안 좋은 소식이 분명했다. 왜 그러냐고 묻자 남편은 믿어지지 않는다는 표정을 지으며 친구 아내가 죽었다고 했다. 그 친구는 남편의 초등학교, 중학교 동창으로 40년 지기다.

남편 친구의 아내는 49세로, 아직 한창일 나이다. 나보다 겨우

한 살 많다. 자주 만나지는 못했지만, 언니라고 부르며 편안하게 식사할 정도로 격의 없이 지내던 사이였다. 그녀의 부고 소식을 듣게 될 줄은 상상도 못 했다. 넋이 나간 채로 어쩌다 그렇게 되었는지 물었다. 남편은 이틀 전 뇌경색으로 쓰러져 응급수술을 받았지만, 결국 다음 날 새벽에 눈을 감았다고 했다. 남편과 나는 장례식장을 찾았다. 예상과는 다르게 장례식장 분위기는 그다지 침울하지 않았다. 슬피 우는 사람도 없었다. 조문객은 대부분 일찍 낳아 키운, 장성한 아들의 젊은 친구들이었다. 고인의 남편도 지인들과 자연스럽게 대화를 나누었다. 마치 오래 살다 돌아가신 집안 어른의 장례식 같은 분위기였다.

말 그대로 갑작스러운 죽음이다. 아무 대책도 없이 일어난 일이라 정신이 없을 테고, 그러니 자신의 슬픔을 표현할 시간이 부족했는지도 모른다. 하지만 모두 이해한다고 해도 고인에 대한 슬픔이 느껴지지 않는 장례식장을 보니 마음이 착잡했다. 같은 아내, 엄마로서 조금은 서운했다. 내가 떠나면 내 남편, 아들들도 그럴까? 쓸데없는 생각인 줄 알면서도 잠시 나의 장례식을 떠올려 보았다. 젊은 나이에 갑자기 세상을 떠난 언니의 명복을 빌었다. 그곳에서 편안하기를, 이곳에서의 삶을 아쉬워하지 말고 행복하게 추억하기를 빌고 또 빌었다.

2018년 가을 아빠를 떠나보냈다. 그 이듬해 큰이모마저 세상을 떠났다. 나이가 들수록 지인들의 부고 소식도 자주 접한다. 죽음이 멀게 느껴지지 않았다. 장례식장 음식이 익숙해져 갔다. 인간은 한 치 앞도 내다보지 못한다. 100세 시대라는 말도 있지만, 갑작스럽게 일어나는 불행은 그 누구도 예상하거나 막을 수 없다. 10년 후, 20년 후를 내다보며 산다는 것이 허망하게 느껴졌다.

'카르페디엠', 현재를 살라는 말이다. 지금 이 순간이 중요하다. 현재를 온전히 즐기고 현재에 충실한 삶만이 죽음에 초연해지는 유일한 방법이다. 훗날의 행복을 위해 현재를 희생하겠다는 생각은 옳지 않다. 버킷리스트를 적는 대신 오늘 하고 싶은 일을 당장 해야 한다. 시간은 기다려주지 않는다. 오늘을 즐겁게, 열정적으로, 후회 없이 살아야 한다.

내게 닥쳐올 죽음을 두려워하지 않겠다고 다짐했다. 지나간 시간이 후회스럽고 더 아쉬울수록 지금을 더 열심히 치열하게 살기로 했다. 오늘을 충실하게 살면 언제 어느 때 죽음이 찾아와도 그

또한 나의 오늘이므로 지난날의 후회 없이 기꺼이 맞이할 수 있다. 내가 떠난 후 남겨진 사람들이 슬퍼하지 않으면 좋겠다. 매일매일 행복하게 살려고 노력했던 유쾌한 사람으로 기억하면 좋겠다. 나의 장례식은 눈물보다는 미소가 있기를 바란다. 나는 다시 언니의 장례식을 떠올렸다. 언니의 장례식에서 슬픔이 느껴지지 않던 까닭은 언니의 삶이 후회 없을 정도로 행복했다는 방증이 아닐까?

내 남자의 몸

젊고 건강한 사람들에게는 사소해 보일 수 있지만
몸이 원하는 대로 움직여준다는 것은 결코 작은 소망이 아니다.
많은 노력과 성실함이 뒷받침되지 않으면
절대 가질 수 없는 것이 몸의 자유다.
📖 한근태, 『고수의 몸 이야기』

볼일을 보고 늦게 집에 오니 세 남자가 화기애애하게 TV를 보고 있었다. 음악 경연 프로그램은 온 가족이 즐기는 방송이다. 저녁은 어떻게 했는지 물으니 큰아들은 라면을 먹었다고 했다. 작은아들은 아빠가 사다 준 아이스크림을 먹고 있었다. 남편은 겨울인데도 짧은 반바지에 내의 하나만 걸치고 세상 편한 자세로 앉아 TV를 보고 있었다.

TV를 보며 각자가 감상평을 이야기하고 있을 때였다. 갑자기 남편의 얼굴이 일그러지더니 '아!'하는 소리와 함께 고개를 숙이며 옆으로 쓰러졌다. 남편은 온몸을 벌벌 떨면서 괴로워했다. 갑작스러운 상황에 두 아들과 나는 당황해서 어찌할 바를 모르고 허둥거렸다. 오한이 든다는 남편의 말에 이불을 두 개나 겹쳐 덮어주고 뻣뻣해진 팔과 다리를 주물렀다.

처음 보는 아빠의 모습에 아이들의 얼굴에는 걱정과 두려움이 가득했다. 나 역시 지옥을 경험한 기분이었다. 구급차를 부르려고 하자 남편은 괜찮다고 했다. 남편은 조금씩 안정을 찾아갔다. 그제야 두 아들과 나는 긴장을 풀 수 있었다. 엄마가 옆에 있으니까 걱정하지 말라고 안심시킨 후 아이들을 각자의 방으로 보냈다. 불이 꺼진 방에서 오랜만에 남편의 얼굴을 오랫동안 자세히 들여다보았다. 주름진 이마, 피곤으로 쌍꺼풀이 생긴 눈, 안쓰러운 마음에 가늘어진 머리카락을 쓸어 넘기고 붉은 볼을 쓰다듬어 주었다.

남편이 사준 인형을 다리에 끼고 잠을 청하곤 한다. 하지만 그날만큼은 남편을 꼭 안고 잤다. 밤새 상태가 더 안 좋아질 수도 있었다. 남편이 아픈 걸 못 알아챌까 봐 두려웠다. 우리 남편은 그때까지 가족 앞에서 아픈 모습을 보인 적이 없다. 그래서 바보 같이 언제나 건강한 사람이라고 착각하며 살았다.

남편을 걱정하다 나도 모르게 잠이 들었다. 자기 전에 벌어진 일이 자주 꿈에 나타나곤 하는 데 그날도 그랬다. 남편이 나와 아이들을 남겨두고 세상을 떠나는 꿈을 꾸었다. 30대까지만 해도 남편 없이 혼자서도 잘 살 수 있다고 생각했다. 그래서 '이혼'이라는 말을 쉽게 들먹이곤 했다. 함께 있으면서 혼자 생각하는 날이 많았고, 남편의 무뚝뚝함을 원망하며 미워한 적도 많았다.

40대 중반을 넘어 50을 바라보는 나이가 되고 나서야 부부는 서로 의지해야 하는 사이라는 것을 알았다. 너무 뜨겁지도, 너무 차지도 않은 적당한 온도의 사랑이 중요하다는 것을 깨달았다. 시간이 갈수록 남편에 대한 고마움과 소중함이 더 커졌다. 그런 남편이 떠나는 꿈은 너무 끔찍했다.

다음 날 하루 쉬라는 권유에도 남편은 괜찮다며 여느 때와 다름없이 출근했다. 남편의 뒷모습이 사라질 때까지 한참을 바라보았다. 평소와 다른 출근길이어서 그런지 가슴이 뭉클했다. 남편의 몸을 잘 챙기지 못했다는 자책감이 들어 괴로웠다. 그러다가 문득 이번 일이 하나의 신호일지도 모른다는 생각이 들었다. 서로의 몸을 잘 살피라는 하늘에서 내린 경고의 신호 말이다.

남편이 세상을 떠나는 꿈을 꾸고 나니 평범한 일상이 더욱 소중하게 느껴졌다. 가족 모두의 건강이 얼마나 대단한 선물이고 행복인지 깨달았다. 건강은 건강할 때 지켜야 한다는 말을 다시 한번 되새겼다. 저녁은 남편의 보양식을 준비하기로 했다. 남편이 건강해야 나도 가족도 행복한 삶을 살 수 있다. 이번 일로 내 안에 잠자던 남편을 향한 애틋한 감정이 다시 깨어난 것처럼 느껴졌다.

49살 주부, 이력서를 쓰다

사람은 시시로 현재 자신의 삶을 되돌아볼 줄 알아야 합니다.
그래서 떳떳한 인간으로서 향상의 길로,
보다 값있는 길로 털고 나서야 합니다.
그때마다 내 인생을 내가 다시 시작한다는 각오로 새롭게 살아갈 때,
하루하루가 새로운 날이 됩니다.
법정, 『스스로 행복하라』

전업주부로 생활하면서 많은 변화가 있었다. 책도 많이 읽고, 글도 많이 썼다. 산책과 요가를 하면서 몸 관리도 철저히 했다. 미니멀라이프를 추구하면서 삶의 가치관도 변했다. 완전히 다른 나로 다시 태어난 기분이다. 자신감과 열정이 새록새록 솟아나자 일에 대한 욕구가 다시 생기기 시작했다. 무엇보다 남편 혼자 감내하던 경제적인 부담도 덜어주고 싶었다. 그래서 이력서를 썼다. 49살에 이력서를 쓴다는 것이 쑥스럽기도 하지만, 다른 한편으로는 설레기도 했다. 솔직히 말하면 적은 나이가 아니기에 강사로

채용해 줄 곳이 있을까 하는 두려움도 컸다. 하지만 어딘가에 내 가치를 알아봐 줄 곳이 분명히 있을 거라는 믿음이 더 강했다.

걱정과 기대, 설렘을 안고 이력서를 썼다. 자기소개서에는 아침 산책과 요가로 건강한 몸을 유지하기 위해 힘썼고, 독서와 글쓰기로 정신적 성장을 게을리하지 않았던 점을 강조했다. 나의 진정성과 가치를 알아봐 주는 곳이 있다면 최선을 다해 일할 수 있을 것 같았다. 내가 가진 능력을 마음껏 펼쳐, 학생들에게 유쾌하고 에너지 넘치는 기운을 전해 줄 자신이 있었다.

막상 이력서를 제출하려니 선뜻 용기가 나지 않았다. 채용되지 않으면 어쩌나 하는 걱정보다 읽고 쓰는 삶을 살겠다는 꿈에서 멀어질까 봐 두려웠다. 하지만 생각을 고쳐먹기로 했다. 자기 일을 하면서 글을 쓰는 사람이 얼마나 많은가? 의지만 있으면 무엇인들 못 하겠는가? 전업주부로 살면서 배운 것이 있다면 하고자 하면 길이 보인다는 사실이다. 무엇보다 학원 강사라는 직업은 글을 쓰고 강연하는 새로운 꿈을 가진 나에게 오히려 도움 되는 일이었다. 나는 강사 채용 사이트에 들어가 집에서 가까운 곳에 이력서와 자기소개서를 보냈다.

이력서를 보내고 적어도 일주일은 기다리려고 했다. 일주일이 지나도 연락이 없으면 새로운 곳을 찾아 다시 이력서를 보내려고 마음먹었다. 그런데 이력서를 보내고 30분도 채 지나지 않아 한 군데서 연락이 왔다. 당장 면접을 볼 수 있는지 물었다. 나는 가능하다고 대답했다. 미용실에 들러 머리 손질을 하고 옷을 챙겨 입고 면접 장소로 갔다. 그리고 얼마 후 최종 합격 통보를 받았다. 그렇게 새로운 직장생활이 시작되었다.

이주용! 아직 죽지 않았어!

무언가를 간절히 원할 때,

온 우주는 자네의 소망이 실현되도록 도와준다네.

파울로 코엘료, 『연금술사』

새로 들어간 학원은 전 학년을 가르치는 종합 학원이다. 집에서 걸어가도 될 정도로 가까웠다. 처음에는 시간제 강사로 지원했는데 학원 측에서 전임 강사를 제안했다. 전임 강사는 주 5일 출근해야 하는 부담이 있어 고민이 되었다. 하지만 내 능력을 인정받았다는 사실과 집에서 가깝다는 이유로 나는 전임 강사 제안을 받아들였다.

전임 강사로 업무가 정해질 무렵, 이력서를 냈던 다른 학원에서도 연락이 왔다. 직장은 이미 정해졌지만, 기분이 좋았다. 자존감이 한층 높아졌다. 그쪽 학원에서는 다른 학원에 출근하기로 했다는 말에 무척 아쉬워했다. 알고 보니 그 학원은 현재 휴가 기간이었다. 내 이력서를 보고 일부러 나와서 연락한 것이다. 원장님은 30대 초반으로 젊었다. 일하는 선생님들도 모두 젊다고 했다. 그런 곳에서 나이 많은 내게 관심을 보였다는 사실만으로 내 어깨를 들썩이게 했다. 젊은 원장은 겨울쯤 중고등부 논술관을 열 계획이라며 그때 다시 연락할 테니 팀장으로 와달라는 제안을 했다. 통화를 마치고 집으로 돌아오는 발걸음이 구름 위를 걷는 듯 가벼웠다.

'그래, 이주용! 아직 죽지 않았어!'

좋은 결과가 있었던 이유를 나름대로 분석해보았다. 이력서도 이력서지만 자기소개서의 역할이 컸다는 생각이 들었다. 경력단절의 시간을 어떻게 보냈는지 솔직하게 쓴 것이 큰 도움이 된 듯했다. 그리고 블로그에 쓴 많은 글이 나를 객관적으로 바라볼 수 있도록 했을 것이다. 하루도 빼먹지 않고 쓴 글에는 나의 삶이 오롯이 담겨 있다. 말로만 잘났다고 떠드는 것이 아니라 나를 증명

할 수 있는 블로그를 통해 진심이 전해진 것 같았다.

재취업 후 정말 오랜만에 강의실에 섰다. 사람들 앞에서 이야기하는 것을 좋아한다는 사실을 강의하면서 새삼 다시 느꼈다. 내 이야기를 쓰고, 강의하는 사람으로 살겠다는 꿈은 결코 허황한 것만은 아니다. 내 적성에도 딱 맞는 일이었다.

첫 주는 정말 신나게 수업을 진행했다. 아이들 앞에서 강의하는 내 모습이 이때처럼 열정적인 적도 드물었다. 단순히 돈을 목적으로 일하는 게 아니라 내가 바라는 꿈과 연결될 수도 있다는 사실이 나를 들뜨게 했다. 학원 수업 준비와 함께 꿈을 향한 발걸음도 멈추지 않았다. 읽고, 쓰고, 공부하느라 잠을 줄여야 할 정도로 바쁜 하루하루였다. 코로나로 모두가 힘든 삶을 견뎌내고 있지만, 나는 위기를 기회로 바꾸고 싶었고 그렇게 할 수 있다는 강한 확신마저 들었다. 그런데…….

완벽하지 않아도 괜찮아

당신의 고달픈 상황의 원인은 바로 불가능한 것(100퍼센트)을 향한 노력이다. 과도한 완벽주의로 인해 당신은 자신의 가치와 우선순위를 깨닫지 못한다. (…) 완벽한 여성의 역할을 받아들인 것도 당신의 선택이다. 하지만 그 대가가 무엇인가? 가짜 인정, 번아웃, 무력이다. 벼랑 끝으로의 행진이다. 자신과 자신의 진정한 가능성을 깨닫지 못하는 무지이다.

📖 레베카 라인하르트, 『철학 하는 여자가 강하다』

수업 첫날, 마스크를 쓰고 얼굴 대부분을 가린 학생들 앞에서 강의하는 상황이 너무 낯설었다. 하지만 인간은 적응의 동물이 아니던가. 시간이 지나자 아무렇지도 않았다. 예전보다 더 열정적으로 수업에 임했다. 그런데 첫 출근 2주 후 생각지도 못한 일이 벌어졌다. 코로나 확진자 증가로 수도권 거리두기 단계가 상향 조정되었다. 학원 문을 닫는 곳도 있었지만, 우리 학원은 실시간 온라인 수업으로 대체했다. 학생들은 집에서 수업을 들었고 선생님들은 아무도 없는 텅 빈 교실에서 온라인으로 수업을 해야 했다. 물론 나는 온라인으로 수업을 해 본 적이 없다.

강사는 학생들의 반응을 에너지 삼아 힘을 얻는다. 아이들은 쉽게 지겨워하고 집중력이 흐트러지므로 아이들이 지루하지 않도록 수업 중간 중간에 재미있는 이야기도 곁들여야 하고 더불어 과장된 표정과 몸짓으로 분위기도 살려야 한다. 온라인 수업으로는 이런 부분까지 생생하게 전달할 수 없다. 한마디로 온라인 수업으로는 오프라인 수업의 강점을 살릴 수가 없다. 조그만 화면으로 강사의 생생한 에너지를 전달하기에는 무리가 있다. 온라인 수업을 하기 전부터 나는 이런저런 걱정을 했다. 아이들의 집중력을 어떻게 높일 것인가가 문제였다.

그렇다고 물러날 수도 없는 노릇이다. 디지털보다 아날로그에 친숙한 나이지만 나이 탓으로 돌리며 못하겠다고 발뺌하는 것도 나답지 않다. 잘 배워서 멋지게 해내고 싶었다. 하지만 현실은 변수가 너무 많고 계획대로 될 때보다 그렇지 못할 때가 더 많다. 디지털 기술에 서툰 나는 식사도 건너뛰며 정신없이 디지털과 친해지려고 노력했다. 하지만 생각처럼 잘되지 않았다.

온라인 수업과 씨름하던 어느 날 원장이 내게 말했다. “강사님이 온라인 수업을 제일 잘하시는 것 같습니다.” 나이가 가장 많은데도 온라인 수업을 잘하려고 열심히 노력하는 모습이 좋아 보였던 모양이다. 부원장도 다른 젊은 선생님들도 곤란해하는데 선생님 정도면 아주 훌륭하다며 한마디 보탰다. 그제야 긴장이 좀 풀렸다. 집으로 돌아오면서 속삭이듯 나 자신에게 말했다.

‘그래, 완벽하지 않아도 괜찮아.’

코로나로 세 남자가 집에 있는 시간이 많으니 여러 가지 챙겨줘야 할 것들이 많다. 주 5일 출근해야 하는 나는 완벽함을 일찌감치 내려놓았다. 집 안 청소와 빨래는 두 번 할 것을 한 번만 하고, 설거지도 모아서 되도록 한꺼번에 끝냈다. 반찬은 단순화하고 시장이나 마트 가는 횟수도 확 줄였다. 대신 일주일에 한 번 생필품이나 음식 재료를 배달시켰다. 힘들다고 짜증 내는 주부가 아닌 적당히 타협하는 워킹우먼이 되는 것이 현명한 길이다.

너무 빡빡하게 살지 말자고 나를 다독였다. 최선이 아니면 차선도 있고, 이 길이 아니면 저 길도 있다. 어느 쪽이 좋은지는 가봐야 안다. 한 우물만 파기에는 인생이 너무 길고 한 가지 방법에만 매달리기에는 선택지가 너무 많다. 중요한 것은 수시로 나 자신을 점검하는 일이다. 매일 나에게 묻는다. 잘 살고 있니? 진짜 가고 싶은 길을 가고 있는 거야? 그래서 지금 행복해? 답은 그때그때 조금씩 다르지만 한 가지 분명한 사실은 조금이라도 앞으로 나아가고 있다는 것이다.

경력단절의 효과

괜찮다. 50이 어때서. 이제껏 잘 살아왔다고 등을 두드려주는 나이다.
앞으로 잘 살라고 격려해주는 쉼표 같은 나이다.
나머지 인생 동안 내가 하고 싶은 걸 꿈꾸고 실행하기에 딱 좋은 나이다.
(…) 50에는 뭔가 새로운 시작이 있는 게 분명하다.

이민숙, 『50, 우아한 근육』

재취업하고 난 후 하루 24시간은 더 촘촘해졌다. 해야 할 일과 하고 싶은 일들을 빈틈없이 채워 넣었다. 바쁘다고 툴툴거리고, 힘들다며 짜증 내고, '내 삶은 왜 이럴까' 푸념했던 이주용은 사라졌다. 전업주부로, 소위 말하는 경력단절녀로 보냈던 시간은 나를 단단하게 만들었다. 어떤 상황에 부닥치든 잘 해낼 수 있다는 자신감이 생겼다. 이제야 비로소 어른다운 어른이 된 것 같아 뿌듯했다.

학원을 운영하며 오랫동안 직원들 월급을 챙겼다. 월급을 주는 쪽이 아닌 받는 쪽이던 때가 언제였는지 기억조차 가물가물했다. 재취업 후 통장에 첫 월급이 들어오던 날, 가슴이 뭉클했다. 매달 수입이 들어온다는 것은 기쁜 일이다. 게다가 내가 좋아하는 일로 돈을 받는다면 더 그렇다.

첫 월급을 받은 날, 학원 수업을 마치고 남편과 조촐한 축하 파티를 했다. 남편의 짐을 조금이나마 덜어 주었다는 생각에 마음이 흡족했다. 남편에게 가을옷 한 벌을 선물했다. 작은아들 선물은 운동화였고, 큰아들에게는 용돈을 챙겨 주었다. 오랜만에 느끼는 뿌듯함이었다. 돈을 버는 참맛을 이제야 알 것 같았다.

코로나 탓에 생애 처음 마스크를 끼고 강의를 했다. 온라인 수업도 경험했다. 하지 않았으면 좋을 경험이지만, 피할 수 없다면 잘 적응하는 길이 최선이다. 그래서 노력했고 나름 잘 적응했다. 20년 경력의 베테랑 강사라는 허울뿐인 껍데기는 벗어 버리고 새로 시작하는 신입의 자세로 모든 업무를 꼼꼼하고 성실하게 해내려고 최선을 다했다.

직장을 다니는 제일 큰 목적은 돈이다. 이를 부정할 생각은 없다. 하지만 돈이 전부라면 직장은 즐거운 또 하나의 삶의 터전이 아니라 어쩔 수 없이 나가야 하는 지겨운 장소일 뿐이다. 쉬는 동안 많은 책을 읽었다. 책을 통해 내가 가야 할 길이 오직 하나라는 생각은 잘못되었음을 배웠다. 그래서 일과 함께할 수 있는 나만의 N잡을 구상했다. 지금 하는 일을 내가 하고 싶은 일들과 연결하려고 노력했다. 이렇게 하다 보니 내 일에 더 집중할 수 있었고 성과를 내려면 어떻게 해야 하는지 더 효율적으로 일하는 방법을 찾게 되었다.

나를 '유쾌한 주용씨!'라고 부르는 귀여운 초등학교 4학년부터 이제는 나이가 들어 밤이면 뼈마디가 시리다고 너스레를 떠는 고등학교 3학년까지가 내 제자들이다. 예전 같으면 가르칠 아이들이 너무 많다고 투정 부렸겠지만, 지금은 그저 아이들이 사랑스러울 뿐이다. 요즘 나는 아이들 덕분에 많이 웃는다. 아이들이 준 에너지로 글을 쓴다. 고마운 일이다.

무엇보다 즐겁게 일하고 돈까지 벌 수 있으니 이보다 더 좋을 수는 없다. 벌써 일곱 번째 월급을 받았다. 지극히 평범한 중년의 여자는 나이 50에 열정을 다해 일하고, 여전히 새로운 꿈으로 설렌다. 전업주부로 살면서 돈을 벌지는 못 했지만, 돈과 바꿀 수 없는 소중한 것들을 얻었다. 그 덕분에 '우울한 주용씨'는 '유쾌한 주용씨'가 되었다.

작가 지망생

남에 대한 감탄과 나에 대한 절망은 끝없이 계속될 것이다.

그 반복 없이는 결코 나아지지 않는다는 걸 아니까

기꺼이 괴로워하며 계속한다.

재능에 더 무심한 채로 글을 쓸 수 있게 될 때까지.

📖 이슬아, 『부지런한 사랑』

내가 다니는 학원은 전 학년을 대상으로 전 과목을 가르치는 종합학원이다. 중학교, 고등학교 학생들은 일 년에 네 번 중간고사와 기말고사를 치른다. 이 기간은 학원에서 가장 예민한 시간이라 모두 신경이 곤두선다. 입사하고 얼마 지나지 않아 중간고사가 다가왔다. 한 달 동안은 일요일에도 출근해서 아이들을 가르쳐야 했다.

학원 일이 바쁘다 보니 내가 진정으로 하고 싶었던 일은 뒷전으로 밀릴 수밖에 없었다. 두 가지 일을 병행하려면 어쩔 수 없었다. 그즈음 <브런치북 출판 프로젝트>라는 제목의 공고문을 보았다. '새로운 작가의 탄생'이라는 홍보 문구에 가슴이 뛰었다. 도전해 보고 싶었다. 이렇게 나는 '브런치'라는 새로운 글쓰기 플랫폼과 만났다.

프로젝트 공고문을 꼼꼼하게 읽어보았다. 10인의 작가로 선정되면 상금도 받고, 출판사와 함께 책을 낼 수 있는 기회도 주어졌다. 그때까지만 해도 출판사 원고 투고만이 작가가 되는 유일한 길이라고 생각하던 내게 눈이 번쩍 뜨일 소식이었다. 하지만 문제가 있었다. 이 프로젝트는 브런치 작가만 참여할 수 있었다. 브런치 작가가 되려면 어떻게 해야 하는지 서둘러 검색했다. 브런치 작가가 되려면 심사 기준을 통과해야 한다. 한 번에 통과하는 사람도 있었지만 열 번 이상 거절당한 사람도 많고, 도전하다 포기하는 사람도 많았다. 브런치 작가가 되는 것조차 쉬운 일이 아니었다.

브런치를 컴퓨터 바탕화면에 깔고, 휴대전화에는 앱을 설치했다. 틈틈이 브런치에 들어가 보았다. 많은 작가의 글을 보면서 나름대로 분석하고 연구했다. 유튜브에 올라온 '브런치 작가되기' 동영상도 시청했다. 희망과 절망이 교차했다. 브런치 작가가 될 수 있을지 확신이 서지 않았다.

몸은 피곤한데 조바심이 났다. 출근 시간은 갈수록 빨리 돌아오고, 퇴근 시간은 갈수록 더디게 돌아오는 것 같았다. 정신을 차려보니 프로젝트 마감일이 코앞으로 다가왔다. 더 미루면 안 된다는 생각이 들었다. '안타깝게도 이번에는 모시지 못하게 되었습니다'라는 거절 멘트를 받게 되는 한이 있더라도 도전해 보기로 했다. 해보지 않고 후회하고 싶지 않았다.

작가라고 불러다오

작가로서 자의식을 가지세요.

나는 왜 무엇을 쓰고 싶은가, 내가 되고자 하는 모습은 무엇인가,

사람들과 무엇을 나누고 싶은가, 사람들에게 어떤 도움을 줄 수 있을까.

그 물음을 어루만지는 동안 아마 계속 쓰게 될 거예요.

📖 은유, 『쓰기의 말들』

브런치 작가 신청 버튼을 누르자 5일 이내에 결과를 알려주겠다는 메시지가 떴다. 결과는 하늘에 맡기기로 하고 학원으로 출근했다. 아이들 앞에서 신나게 떠들고 있는데 휴대전화로 알람이 도착했다. 무심코 휴대전화를 열었다. 브런치 합격 소식이었다. 나도 모르게 "아!"하고 소리를 질렀다. 수업 듣던 아이들이 눈을 동그랗게 뜨며 나를 빤히 쳐다보았다. 궁금해하는 아이들에게 브런치 작가가 되었다고 말해 주었다. 아이들은 브런치 작가가 무엇인지도 모르면서 축하한다며 박수 쳐 주었다. 그렇게 나는 브

런치 작가가 되었다.

합격 소식이 있던 날, 내가 맡은 과목의 시험은 이미 끝난 터라 고등학생 아이들은 수업이 없었다. 그래서 조금 일찍 퇴근할 수 있었다. 남편에게 기쁜 소식을 전했다. 남편은 당장 축하 파티를 열자고 했다. 브런치 작가가 된 그날은 그토록 간절히 원했던 '작가'라는 호칭을 공식적으로 듣게 된 첫날이었다. 내 삶에 잊지 못할 기념일 하나가 더해졌다.

남편은 2년 동안 하루도 빠짐없이 블로그에 글을 쓴 부지런함과 성실성이 드디어 보답받았다고 했다. 나는 모든 영광을 부족한 나를 응원해 준 블로그 이웃들에게 돌리고 싶었다. 블로그에 글을 쓰면서 작가의 꿈을 키웠다. 매일 쓰지 못했다면 꿈을 포기했을지도 모른다. 매일 쓸 수 있었던 이유는 블로그 이웃들의 공감과 댓글의 힘이 컸다. 바쁘고 힘들어도 그분들의 격려를 외면할 수 없었기에 이를 악물고 글을 썼다. 브런치 작가를 신청할 때 첨부했던 글은 모두 블로그에 쓴 글이 바탕이 되었다. 블로그는 내 성장의 밑거름이었다. 책을 출간하고 강연가로 살겠다는 내 꿈에 한발 다가간 것 같아 가슴이 두근거렸다.

브런치 작가가 되고 다음 날, 남편은 나를 '이 작가!'라고 불렀다. 브런치 작가가 되었다고 해서 당장 달라지는 것은 아무것도 없다. 다만, 브런치라는 플랫폼을 통해 내가 쓴 글을 읽는 사람이 늘어난 것은 분명했다. 글 발행 후 하루가 지났을 때, 내 글을 읽은 사람은 100명 정도였다. 구독자는 2명이었고, 공감은 10개 남짓이었다. 조촐한 출발인 셈이다. 그러나 이 조촐한 출발이 나를 변화시키리라 믿어 의심치 않았다. 그리고 마침내 기회가 왔다.

2020년 11월, 나는 출판계약서를 썼다. 내 책을 쓰고 싶다는 희망을 품은 지 2년이 지난 시점이다. 작가 출신의 출판사 대표님과 길고 긴 이야기를 나누었다. 그리고 마침내 계약서에 도장을 찍었다. 내 삶의 새로운 출발점이 될 역사적인 순간이다. 기대와 설렘 그리고 약간의 두려움이 공존했다. 뛸 듯이 기뻤지만, 미래는 불확실성이 가득한 세계다. 이제 첫발을 내디뎠을 뿐이다. 좀 더 겸손해지자고 다짐했다.

안 좋은 일은 한꺼번에 찾아온다고 했던가? 다행히 나는 반대였다. 출판계약을 하고 얼마 되지 않아 반가운 메일 하나가 도착했다. 다음과 같은 내용이었다.

[인터뷰 의뢰] 성균관대학교 영상학과 졸업작품 제작팀에서

인터뷰 의뢰합니다.

'꿈'에 관한 다큐멘터리를 제작하는 성균관대 영상학과 영상제작팀에서 내게 인터뷰 요청을 해 온 것이다. 나를 어떻게 알았냐고 물었더니 블로그를 통해 알았다고 대답했다. 예상치 못한 제안이었다. 20대 때 아주 잠깐 연극배우가 되고 싶다고 생각한 적은 있다. 그런데 나이 50이 되어 카메라 앞에 서게 될 줄은 꿈에도 몰랐다. 나는 기꺼이 허락했다. 영상제작팀은 촬영에 앞서 질문지를 메일로 보냈다. 그 내용을 여기에 소개하고자 한다.

10문 10답

1. 먼저 지금 하시는 일과 함께 간단한 자기소개 부탁드립니다.

제 이름은 이주용입니다. 두 아들의 엄마로, 한 남자의 아내로, 요양병원에 홀로 계신 엄마의 딸로 살고 있습니다. 그리고 49살의 나이에 국어 과목 학원 강사로 재취업에 성공하여 아이들을 가르치고 있습니다.

2. 블로그 소개란을 보면 '49세 나이에 재취업한'이라는 부분이 눈에 띕니다. 그전에도 학원 강사, 원장님으로 20년이 넘도록 근무하셨는데 또다시 취

업을 결심하게 된 이유가 무엇인가요?

3년 4개월 쉬었습니다. 경제적 여유가 있다면 좋았을 텐데 하는 아쉬움이 많습니다. 하지만 경제적 이유가 전부는 아닙니다. 읽고 쓰면서 인생을 사는 방향과 가치관이 많이 변했습니다. 일하면서 꿈도 키울 수 있다는 확신이 들었습니다. 무엇보다 학원 강사는 오랫동안 해 온 일인 만큼 다시 해도 잘할 수 있을 거라는 자신감도 있었죠.

3. 어릴 때 꿈은 무엇이었나요? 또 그 꿈이 성장하면서 변한 까닭은 무엇인가요?

어렸을 때부터 하고 싶은 것이 참 많은 아이였습니다. 꿈도 수시로 바뀌었습니다. 아나운서, 변호사, 작가, 번역가, 통역사 등 무척 다양했습니다. 어릴 때는 꿈에 대한 확실성이 더 큰 것 같습니다. 꼭 이루어질 것만 같죠. 성인이 되면 많은 것이 변합니다. 특히 현실과 타협해야 한다는 사실을 깨닫게 되죠. 가정 형편과 학교 성적, 주변 사람들의 시선, 이런 것들이 사람을 변하게 합니다. 저 역시 이런 것들로부터 자유롭지 못했습니다.

4. 연극배우를 꿈꾸었다고 하셨는데, 특별한 계기가 있을까요? 더불어 이러한 꿈들을 뒤로하고 국어 강사를 택한 이유는 무엇인가요?

많은 사람 앞에서 내가 준비한 것들을 보여주는 것이 좋았습니다. 그들의 반응을 즐겼던 것 같아요. 학생 때 적성검사를 했는데, 스포트라이트를 받는 직업이 잘 맞는다고 나왔던 것으로 기억합니다. 대학 시절 우연히 무대에 서 본 적이 있는데 정말 짜릿했어요. 그때의 떨림과 에너지로 살아가고 싶다고 생각했습니다. 하지만 경제적으로 넉넉하지 못하던 대학생에게 막연한 꿈은 신기루와 같았습니다. 살아가는 데 꿈보다는 돈이 더 필요하다는 것을 절감했습니다. 그래서 대학 선배의 소개로 국어 강사가 되었습니다. 돈 때문에 시작한 일이 이렇게 오래갈 거라고는 생각도 못 했습니다.

5. 블로그를 보면 여전히 다양한 인문학 분야의 책을 읽고 여러 가지 공부를 꾸준히 하고 있는데, 계속해서 공부하는 특별한 이유가 있나요?

책을 읽거나 공부할 때 내가 앞으로 나아가고 있다는 느낌이 듭니다. 과거에 발목 잡혀 있거나 현재에 안주하며 살고 싶지는 않아요. 책을 읽고, 공부를 하고 있으면 꿈을 꾸게 되지요. 가만히 앉아 있지만 내 안에서 엄청난 변화가 꿈틀대는 그 느낌이 너무 좋습니다.

6. 최근 블로그 운영과 함께 출판을 기획한다고 들었습니다. 책을 쓰는 것이 현재 유쾌한 주용씨의 꿈인가요?

글 쓰는 사람으로 사는 것. 이것이 바로 현재 저의 꿈입니다. 일을 쉬면서 독서에 푹 빠졌습니다. 보고 싶던 영화들도 원 없이 보았습니다. 걷기와 요가도 열심히 했습니다. 하고 싶은 일을 하다 보니 내가 정말 좋아하는 것이 무엇인지, 어떻게 살고 싶은지 자연스럽게 알게 되었습니다.

7. 엄마는 늘 아들보다 먼저 일어나고, 아들의 꿈을 위해 헌신하는 존재라고 언급하신 부분이 인상 깊었습니다. 꿈을 이룰 수 있도록 아들에게 최선을 다하고 격려하는 것이 엄마로서 주용 님의 꿈이라고 할 수 있을까요?

물론입니다. 엄마라서 힘들 때도 많지만 엄마이기 때문에 해야 할 일, 할 수 있는 일이 있다는 것이 살아가는 동력이 되기도 합니다. 아이들이 마음껏 꿈꿀 수 있도록 언제나 든든한 엄마가 되려고 노력합니다. 자기가 좋아하는 일을 하며 행복하게 사는 아이들의 모습을 보는 것만큼 행복한 일도 없지 않을까요?

8. 사람은 누구나 하고 싶은 일과 어쩔 수 없이 해야 하는 일 사이에서 고민합니다. 저도 마찬가지입니다. 취업을 앞두고, 하고 싶은 일과 경제적 사정 때문에 어쩔 수 없이 해야 하는 일 사이에서 많이 고민합니다. 고민하는 사람들에게 주용 님의 생각을 들려주실 수 있을까요?

좋아하는 일만 하고 산다면 얼마나 좋을까요? 하지만 그렇게 사는 사람은 많지 않습니다. 좋아하는 일과 해야 하는 일 사이에서 균형을 찾는 것이 중요하다고 생각합니다. 저는 에너지를 분배하는 일에 많은 신경을 씁니다. 이 비율은 가끔 바뀌기도 하지만 보통은 해야 할 일에 40~50 정도를 투자하고, 하고 싶은 일에 50~60 정도를 투자합니다. 내 꿈이 어떻게 변화하고 성장하느냐에 따라 비율을 조정합니다. 좋아하지 않아도 해야 하는 일이라면 꼭 해야 합니다. 그러나 너무 싫고 괴로운데 억지로 해야 하는 일이라면 과감하게 일을 접는 것이 좋다고 생각합니다. 제가 추천하고 싶은 방법은 '내 꿈과 접점이 있는 일을 하라'입니다. 저는 국어 강사로 일하고 있습니다. 제 꿈은 글을 쓰고 강연하는 사람으로 사는 것입니다. 국어 강사와 글을 쓰고 강연하는 것, 이렇게 두 가지는 접점이 많습니다. 따라서 힘들어도 스트레스를 덜 받습니다. 돈을 벌기 위해 일하고는 있지만, 이 일이 내 꿈에 큰 도움이 된다고 생각하기 때문입니다. 또 이 일을 열심히 하면 할수록 내가 하고 싶은 일을 할 기회도 늘어난다고 생각합니다. 그래서 하루하루 성실하고 부지런하게 살려고 노력합니다. 몸은 바빠도 마음만은 든든하다고 할까요?

9. 20대에는 연극배우가 꿈이었고, 지금도 학생들을 가르치고 계십니다. 남에게 이야기하는 것을 좋아했던 어릴 적 성향이 지금의 주용 님에게 영향을 준 것일까요?

그런 것 같습니다. 내 이야기를 들어주는 사람들 앞에서 말하는 것이 좋습니다. 때로는 부담도 되지만, 내 이야기를 통해 변해가는 사람들을 보면 전율이 느껴집니다. 블로그에 쓴 글을 보고 공감하는 이웃들, 내 강의를 들으며 고개를 끄덕이는 학생들, 이 모든 반응이 제게는 큰 힘이 됩니다. 반응을 먹고 사는 사람이라고 할까요? 앞으로 책을 출간하면 더 많은 분 앞에서 내 이야기를 전하고 싶습니다. 그분들을 생각하면 벌써 가슴이 뜨거워지고 심장이 두근거립니다.

10. 어머님들은 가족을 위해 자신의 꿈을 포기하는 경우가 많습니다. 꿈을 포기하고 사는 어머님들과 자식들에게 조언 한마디 부탁드립니다.

꿈 없이 산다는 것은 상상할 수도 없고, 상상하기도 싫은 일입니다. 저는 이제 막 지천명이라 부르는 나이가 되었습니다. 하지만 그 어느 때보다 설레고 행복한 하루하루를 보내고 있습니다. 경제적인 부분이나 일상에서 벌어지는 자질구레한 문제들이 사라진 것은 아닙니다. 그런 제가 더 행복하게 사는 이유는 무엇일까요? 그것은 바로 간절한 꿈이 생겼기 때문입니다. 나이가 들수록 꿈은 더 강력한 힘을 발휘합니다. 나이와 상관없이 꿈이 없다는 것은 삶을 지탱하는 큰 기둥 없이 살아가는 것과 마찬가지입니다. 불가능한 일도 가능하게 만드는 것이 바로 꿈입니다. 그러므로 자식은 엄마에게, 엄마는 자식에게 소중한 꿈을 꿀 수 있도록 서로 응원해주고 도와주어야 합니다. 그런 세상이야말로 모두가 행복하게 잘 사는 세상이 아닐까요?

박웅현의『여덟 단어』

북하우스, 2013

나이가 들면 사는 게 훨씬 쉬워질 줄 알았다. 어릴 적 꾸었던 꿈은 명확해지고, 젊은 날의 방황 따위도 모두 사라질 줄 알았다. 하지만 인생은 생각처럼 흘러가지 않는다. 사람의 인생만큼 예측 불가능하고 어려운 것도 없다. 주위 사람들은 나를 보고 '어른'이라고 부르지만, 나는 계속해서 어린아이나 방황하는 20대 청년처럼 흔들렸다. 어른답지 못한 이름만 '어른'이 되어 버렸다. 어른다운 어른이 아니던 그때, 박웅현의『여덟 단어』를 읽었다.『여덟 단어』는 흔들리던 나를 잡아주었다.

자존自尊, 본질本質, 고전古典, 견見, 현재現在, 권위權威, 소통疏通, 인생人生

살면서 한 번쯤 생각해보게 되는 단어들, 아니 사는 내내 곱씹어 생각해야 할 여덟 단어다. 책 속 문장 하나하나가 가슴 깊이 파고들었다. 어둡고 막막했던 암흑 속에서 한 줄기 빛을 발견한 기분이었다. 여덟 단어가 주는 의미를 곱씹어 보았다. 나 자신에게 '무엇이 중요한가?'라는 질문을 던졌다.

자존감은 어디에서 오는가?

나를 지탱해주는 본질은 무엇인가?

내 삶에 고전은 어떤 역할을 하는가?

나는 지금 무엇을 보고 있으며, 앞으로 무엇을 보고 싶은가?

현재를 온전히 즐기고 있는가? 그렇지 못하다면 그 이유는 무엇인가?

어른의 역할을 다하고 있는가?

말로 먹고사는 직업을 가진 내가 과연 나의 뜻을 제대로 잘 전달하고 있는가?

다른 사람의 의견을 겸허히 받아들이고 있는가?

정답이 없는 인생에서 나만의 길을 만들어갈 준비가 되어 있는가?

이런 질문을 하는 동안 나를 힘들게 했던 사소한 문제들이 사라지기 시작했다. 우뚝 솟은 백두산처럼 높고 커다랗게 보이던 장애물도 돌부리만 해졌다. 내가 바라는 삶에 어울리는 말과 행동을 하고 있는지 매일 자신을 들여다보았다. 그러자 복잡했던 문제들이 하나둘 풀리기 시작했다.

책을 읽는 내내 좋은 기운이 내 안으로 들어오는 느낌이었다. 갑자기 찾아오는 깨달음을 '돈오'라고 하는데 바로 그 돈오가 내게도 찾아왔다. 책에 나오는 구절 하나하나를 음미하고 노트에 적었다. 깨달음을 얻은 후 '점수'를 다짐했다. 점수란 수행해가면서 득도하는 과정을 말한다. 나는 매일 책을 읽으며 나 자신을 깎고 다듬었다. 『여덟 단어』 덕분에 어제보다 단단한 오늘을 살 수 있게 되었다.

삶의 방향을 찾지 못했을 때, 진정한 '나'를 찾고자 할 때, 자존감이 떨어질 때 『여덟 단어』는 좋은 안내자가 되어 줄 것이다. 내가 그랬듯이 이 책으로 많은 사람이 나와 같은 경험을 하면 좋겠다.

함께 읽으면 좋은 책

▶ 『태도에 관하여』, 임경선, 한겨레출판, 2018
▶ 『어떻게 살 것인가』, 유시민, 생각의길, 2013
▶ 『강신주의 감정수업』, 강신주, 민음사, 2013

유쾌한 주용씨의 독서 레시피 ⑤

웬디 우드의 『해빗HABIT』

다산북스, 2019

전업주부로 살면서 새로운 꿈을 꾸기 시작한 이후 좋은 습관을 들이고, 나쁜 습관은 버리려고 노력했다. 전업주부의 삶은 20년 만에 얻은 귀한 시간이었다. 허투루 소비하고 싶지 않았다. 따라서 좋은 습관에 관심을 기울인 것은 어쩌면 당연한 일이다. 습관에 관한 많은 책을 읽으며 마음을 가다듬고 실천하려고 애썼다. 새벽 기상, 새벽 산책, 매일 독서, 매일 글쓰기는 이러한 습관의 결과물들이다.

웬디 우드는 우리가 나쁜 습관을 버리지 못하는 것도, 좋은 습관을 지속하지 못하는 것도 의지력 탓이 아니라 주변 상황 때문이라고 한다. 환경을 바꾸면 우리의 행동도 달라질 수 있다는 말이다. 그는 습관을 뿌리내리기 위한 방법 다섯 가지를 소개한다. 첫째, 나를 중심으로 상황을 재배열하라. 둘째, 적절한 곳에 마찰력을 배치하라. 셋째, 나만의 신호를 발견하라. 넷째, 행동과 보상을 긴밀히 연결하라. 다섯째, 마법이 시작될 때까지 반복하라. 습관을 형성하고 싶다면 무턱대고 실행에 착수할 것이 아니라 그 상황을 분석하고 재배열한 다음 실행에 옮겨야 실패 확률이 적다는 말이다.

새벽 기상을 위해 일찍 잠자리에 들었다. 식단 관리를 위해 냉장고 잘 보이는 곳에 채소와 과일을 배치하고 술은 사다 놓지 않았다. 홈 요가를 위해 항상 거실에 요가 매트를 깔아 놓았다. 새벽 산책할 때 들을 음악이나 동영상 강의도 미리 준비했다. 산책 후 돌아오면 향기로운 커피를 끓여 책상에 올려놓았다. 습관을 들이려면 행동으로 옮기기 쉽도록 만반의 준비를 해두는 것이 좋다. 이렇게 해서 나의 아침은 좋은 습관으로 물들어갔다.

책에서 소개하는 방법 중에 덮어쓰기 전략이라는 것이 있다. 기존에 있던 습관 위에 새로운 습관을 더하는 것이다. 나는 새벽 기상이 습관이 된 후 새벽 산책을 시작했다. 무료함을 달래려고 음악을 듣곤 했는데 여기에 유익한 동영상 강의를 추가했다. 새벽 산책이 익숙해질 무렵 산책 후 요가로 몸을 풀어주는 시간도 추가했다. 기분이 상쾌해지니 글 쓰는 일이 전보다 편해졌다. 글쓰기가 습관으로 정착할 수 있었던 이유는 조금씩 새로운 습관을 추가한 덕분이었다.

버락 오바마 전 대통령과 마크 저커버그는 같은 색상의 양복과 티셔츠만 입는다고 한다. 그들은 일상에서 일어나는 단순한 일을 습관화함으로써 위대한 일을 이루어냈다. 우리의 의지력은 한계가 있다. 그러므로 가장 가치 있고 중요한 일에 의지력을 집중해야 한다. 그러려면 중요하지 않은 다른 일들을 무의식화해야 한다. 『해빗HABIT』은 습관 형성뿐 아니라 습관화 이후 남은 여분의 의지력을 중요한 곳에 써야 한다고 강조한다.

새벽 기상, 새벽 산책, 홈 요가는 어느새 애쓰지 않아도 잘할 수 있는 습관이 되었다. 어떤 일이든 시작은 힘들어도 두 번, 세 번 거듭하면 점점 익숙해진다. 포기하지 않고 계속하다 보면 의식하지 않아도 몸이 자동으로 반응하는 순간이 온다. 저자의 말처럼 이때부터 삶의 마법이 시작된다. 덕분에 책을 읽고 글 쓰는 일에 더 몰두할 수 있게 되었다. 내 꿈을 위한 일에 의지력을 더 많이 쓰게 된 것이다.

코로나19로 우리의 삶은 전보다 더 어렵고 예측 불가능해졌다. 스트레스 지수도 훨씬 높아졌다. 이럴 때일수록 좋은 습관으로 자신을 다잡아야 한다. 좋은 습관은 어떤 상황에서도 흔들리지 않도록 중심을 잡아준다. 가끔, 좋은 습관이 없었다면 내 삶이 얼마나 무기력하고 우울해졌을지 생각해본다. 하루를 의미 있게 채워주는 좋은 습관들 덕분에 코로나 시대에도 흔들리지 않고 살아갈 수 있게 되었다.

나이가 들수록 지력은 떨어지지만, 습관은 더 무르익는다고 한다. 평상시 좋은 습관을 익혀놓은 사람이라면 떨어진 뇌의 기능을 올바른 행동으로 보완할 수 있다. 좋은 습관을 익히는 일은 중년과 노년의 삶에 희망을 주는 소중한 기회다. 나는 오늘도 주먹을 불끈 쥐는 대신 '어제처럼 오늘도 반복하기만 하면 돼'라는 자세로 힘을 빼며 살아간다. 꿈을 이루기 위해 습관이 지배하는 삶이 아닌 습관을 지배하는 삶으로 말이다.

📖 함께 읽으면 좋은 책 📖

▶ 『오래 하는 힘』, 고학준, 글라이더, 2019
▶ 『나는 습관을 조금 바꾸기로 했다』, 사사키 후미오, 쌤앤파커스, 2019

에필로그

50을 바라보는 나에게

네가 어느새 50이라니 믿기지 않아. 그러고 보니 거울 속에 비친 너는 더 이상 매력적인 몸이 아니야. 얼굴에 탄력은 줄고 팔자 주름도 진해졌어. 다이어트를 결심하고 열심히 노력했지만 먹는 문제가 늘 골칫거리였지. 하지만 나이가 들어도 나를 가꾸는 일을 포기해서는 안 돼. 외모는 다른 사람이 어떻게 생각하느냐의 문제가 아니라 자존감의 문제니까. 지금까지 열심히 노력해 온 것처럼 앞으로도 그럴 거라고 믿어. 건강하고 당당한, 그래서 더 자신감 넘치는 너의 앞날을 기대할게.

겁내며 시작했지만, 재수생 큰아들의 엄마 역할을 잘 해냈어. 아침마다 아이를 깨워 스터디 카페에, 미술학원에 보내느라 고생 많았지. 아직 끝난 것은 아니지만 엄마로서 네 마음의 근육이 키워졌으니 앞으로는 어떤 상황에서도 현명하게 잘해 나갈 거라고 믿어. 작은아들 국어 실력도 네가 돌봐줘서 껑충 올랐잖아. 일한다고 돌봐주지 못해 미안한 생각은 이제 그만해도 돼. 과거는 지나갔고 돌이킬 수 없잖아. 앞으로가 중요해. 욕심부리지 않고 지켜보며 응원하는 엄마가 되기로 한 결심만 잘 지키면 돼. 아이들도 노력하는 엄마의 마음을 알아줄 거야. 앞으로도 아이들과 더 많이 웃으며 행복하게 살아가길 바라.

젊었을 때는 열정적인 사랑과 거침없는 솔직한 표현이 당연하다고 생각했지. 하지만 지금은 어때? 적당히 거리를 두면서 너무 뜨겁지 않은 온기를 서로에게 전해주며, 속 깊은 말과 행동으로 표현하는 것이 훨씬 좋지 않아? 그런 면에서 보면 네 남편은 참 좋은 사람이야. 많은 것을 바라지도 않고, 큰소리치며 화내는 일도 없지. 아이들에게는 또 얼마나 잘해. 권위를 앞세우며 무섭게 대하기는커녕 잔소리조차 하지 않는 친구 같은 아빠잖아. 속 넓은 믿음직한 남편이 곁에 있다는 것은 정말이지 큰 복이야. 그러니까 남편한테 좀 더 친절하게 대해주면 어떨까 해. 가끔 보면 네 관심은 아이들에게만 쏠려 있는 것 같아. 나이가 들어도 남자는 애라고 하잖아. 착한 남편 칭찬도 많이 해주고 가끔 애교도 부려 봐. 앞으로도 친구처럼 다정한 부부의 모습 기대할게.

코로나 탓을 하며 요양병원에 계신 엄마에게 너무 무심했던 것 같아. 아빠가 돌아가신 지 벌써 2년이 넘었네. 엄마가 요양병원에 계신 지는 더 오래되었지. 아빠 없이 혼자 병원에 있는 엄마의 마음을 생각하며 가슴 아파하는 것도 잘 알아. 하지만 표현하지 않으면 소용없는 거잖아. 바쁘다는 거 잘 알지만, 엄마에게 좀 더 자주 연락하면 좋지 않을까? 겉으로 표현하지 않아도 엄마는 많이 외로울 거야. 아직은 큰 어려움 없이 잘 계셔서 다행이지만, 그래도 다리가 불편해 침대에 누워만 있어야 하는 답답함을 잘 생각해 봐. 코로나로 쉽게 찾아가지 못하니까 목소리라도 자주 들려 드려야 하지 않을까? 바쁘다고 핑계 대지 말고 이틀에 한 번씩은 전화해. 지나고 나면 못한 것만 생각난다는 거 아빠 돌아가셨을 때 뼈저리게 경험했잖아. 계실 때 잘해야 해. 그렇게 할 수 있지?

코로나 블루라는 말이 생길 정도로 우울한 날들이 이어지고 있지만, 운 좋게도 네게는 좋은 일이 많았던 것 같아. 2018년 가을부터 시작한 블로그 1일 1 포스팅은 아직도 잘 해내고 있지. 정말 보기 좋아. 네가 쓴 글에 공감하고, 응원하는 블로그 이웃들도 점점 늘어서 어느새 7,800명이 넘었어. 정말 고마운 분들이지. 매일 글을 쓴다는 게 쉬운 일은 아니었을 텐데, 너의 꾸준함과 성실성은 칭찬받을 만해. 그 덕분인지 49살의 나이에 3년 4개월의 경력단절을 극복하고 재취업에도 성공했잖아. 학원 전임 강사로 출근한 지 2주 만에 생애 처음으로 온라인 수업이라는 걸 시작하게 되었을 때 너의 당황하던 모습도 생각나네. 지금은 꽤 익숙하게 온라인 수업을 진행하게 되었으니 오히려 너에게는 새로운 것을 배우는 좋은 기회였던 것 같아. 아 참, 그러고 보니 그렇게 되고 싶어 했던 작가도 되었지. 학원 일로 바쁜 기간이었음에도 당당히 브런치 작가 타이틀을 거머쥐었어. 네가 꾼 꿈을 향해 한 걸음씩 씩씩하게 나아가는 모습 정말 보기 좋았어. 그리고 마침내 정식 출간계약서까지 쓰는 쾌거를 이뤄냈지. 덕분에 지금 이렇게 책의 마지막 에필로그를 쓰고 있잖아. 믿기지 않지만, 결코 운이 아님을 잘 알아. 포기하지 않고 열심히 도전한 네 노력이 이런 좋은 일들을 만든 거야. 자만하지 않고 겸손한 마음 끝까지 잘 간직하고 살기를 바라.

여자, 엄마, 아내, 딸, 그리고 이주용으로 참 열심히 달려왔네. 힘든 일도 많았고 아쉬운 점도 있었지만, 이 정도면 잘 해낸 거야. 40대의 이주용, 수고했어. 50대에도 너의 많은 이름이 각자의 자리에서 반짝반짝 빛나기를 간절히 바라고 응원할게.

유쾌한 주용씨를 응원합니다

행복한 수달 저도 주용님 글 보며 공감이 되는 날이 많았습니다. 세월은 흘렀지만 마음은 늘 소녀인 우리 나이에 이렇게 꿈을 펼치게 되는 날이 오다니, 넘 뿌듯하네요. 지금처럼 좋은 일 가득하길 바랄게요. 파이팅입니다.

희야의 숲 꿈꾸니 현실이 되네요~~~
저도 이렇게 좋은데 얼마나 좋을까요~
애쓰셨고 수고하셨고 정말 진심으로 축하드립니다~♡

붐컴퍼니 책출간의 기회를 얻으셨다니 정말 좋은 기회이고 멋지신 거 같아요^^
꿈을 현실로 만들어내는 건 역시 꾸준한 노력인거 같아요.

J 정말 멋지세요!
3년의 시간이 더 큰 선물로 돌아오네요!
저는 짧은 기간도 일하지 않는 시간은 불안에 시달리곤 했는데, 3년 동안의 쉼도 알차게 채워 가신 성실함이 대단해요!
저도 이제는 온전한 쉼도 중요하다는 걸 알게 되었답니다.
저도 50살 되는 해에 책을 내고 싶은 목표가 생기네요!

쌩콩 앗! 드디어 주용샘 책이 출간되는 건가요? 두근두근~♡
책 표지에서 요즘 젊은 여성 작가들 책 표지 트렌드가 떠오르네요. 멀리 꿈이 퍼져나가는 주용샘의 꿈의 홀씨가 인상적이기도 하구요. 미래지향적이고 트렌드에 맞아요. 제목도 너무 멋집니다. 기대, 기대~

yunsstudio 주용님의 이야기로 현재 나의 마음을 들여다보는 시간이 되길 바라며……!!

나나 드디어 책이 나오는군요.
짝짝짝!! 그동안 너무나 애쓰셨어요.
앞으로의 행보에도 축복만 가득하시길 기원합니다♡♡

오늘 작가님처럼 저도 읽고 쓰는 일을 하고 싶어졌어요. 요즘 책 읽기에 푹 빠져 있답니다. 동네 주민이라 더 반갑고 가깝게 느껴지기도 하네요. 선한 영향력 주셔서 감사합니다.

서연 너무 기대됩니다! 계속 응원할게요.

블루베리 저도 나중에 주용님처럼 살고 싶어요. 넘 보기 좋은 모습이라ㅎㅎ 맘속으로 혼자 응원하고 있었어요~

TENEY테니 응원합니다. 또 자극도 많이 받습니다. 새벽 루틴의 삶, 그 변화의 과정들... 정말 부럽고 존경스럽습니다.

ReBorn 많은 계획이 게으름에 무뎌지는 게 일상인데. 주용님 볼 때마다 정말 자극을 많이 받고 반성하게 되는 것 같아요!! 너무 멋진 삶! 응원합니다! 저도 좀 더 노력할게요!!!

해바라기 응원합니다. 저도 결혼, 출산을 거쳐서 한국 아닌 곳에 살면서 일하는 주부가 되었어요. 그래서 주용님의 글을 응원하며 기회가 되면 책을 읽고 싶어요.

봄날 앨리스 저의 롤 모델이기도 하십니다.
글을 잘 쓰셔서 감탄하고 있거든요. 화이팅입니다.^^

도움을 준 책들

- 『감옥으로부터의 사색』, 신영복, 돌베개, 2018
- 『걱정 말고 다녀와』, 김현, 알마, 2017
- 『고수의 몸 이야기』, 한근태, 미래의창, 2020
- 『교토에 다녀왔습니다』, 임경선, 예담, 2017
- 『그리고 생활은 계속된다』, 이나가키 에미코, 김미형, 엘리, 2018
- 『그리스인 조르바』, 니코스 카잔차키스, 이윤기, 열린책들, 2009
- 『글쓰기의 최전선』, 은유, 메멘토, 2015
- 『나는 가해자의 엄마입니다』, 수 클리볼드, 홍한별, 반비, 2016
- 『나의 최소주의 생활』, 샤오예, 오수현, 청림출판, 2018
- 『너를 사랑해서 미안하다』, 정호승, 랜덤하우스코리아, 2005
- 『노르웨이의 숲』, 무라카미 하루키, 양억관, 민음사, 2017
- 『다산의 마지막 공부』, 조윤제, 청림출판, 2018
- 『당신의 아들은 게으르지 않다』, 애덤 프라이스, 김소정, 갈매나무, 2019
- 『마흔에게』, 기시미 이치로, 전경아, 다산초당, 2018
- 『매일 아침 써봤니?』, 김민식, 위즈덤하우스, 2018
- 『바닷가 작업실에서는 전혀 다른 시간이 흐른다』, 김정운, 21세기북스, 2019
- 『밤이 선생이다』, 황현산, 난다, 2013
- 『버리면 버릴수록 행복해졌다』, 황윤정, 엔트리, 2016
- 『부지런한 사랑』, 이슬아, 문학동네, 2020
- 『빨강머리 앤이 하는 말』, 백영옥, 아르테, 2016
- 『샤틀레 행복론』, 에밀리 뒤 샤틀레, 변희정, 인간희극, 2017
- 『스스로 행복하라』, 법정, 샘터, 2020
- 『심플하게 산다』, 도미니크 로로, 김성희, 바다출판사, 2012
- 『쓰기의 말들』, 은유, 유유, 2016
- 『아리랑』, 조정래, 해냄, 2020
- 『아침에는 죽음을 생각하는 것이 좋다』, 김영민, 어크로스, 2018
- 『안나 카레니나』, 레프 톨스토이, 박형규, 문학동네, 2013

- 『엄마는 그래도 되는 줄 알았습니다』, 심순덕, 니들북, 2019
- 『엄마도 아들은 처음이라』, 안정현, 꼼지락, 2019
- 『엄마의 첫 심리 공부』, 누다심(강현식), 유노북스, 2019
- 『여덟 단어』, 박웅현, 북하우스, 2013
- 『연금술사』, 파울로 코엘료, 최정수, 문학동네, 2018
- 『올드걸의 시집』, 은유, 서해문집, 2020
- 『옷을 사려면 우선 버려라』, 지비키 이쿠코, 권효정, 유나, 2016
- 『요가 매트만큼의 세계』, 이아림, 북라이프, 2018
- 『우리는 모두 페미니스트가 되어야 합니다』, 치마만다 응고지 아디치에, 김명남, 창비, 2016
- 『자전거 여행』, 김훈, 문학동네, 2014
- 『정희진처럼 읽기』, 정희진, 교양인, 2014
- 『조금 알고 적당히 모르는 오십이 되었다』, 이주희, 청림출판, 2021
- 『지금 장미를 따라』, 문정희, 민음사, 2016
- 『철학 하는 여자가 강하다』, 레베카 라인하르트, 장혜경, 이마, 2017
- 『청춘의 독서』, 유시민, 웅진지식하우스, 2017
- 『출판사 에디터가 알려주는 책쓰기 기술』, 양춘미, 카시오페아, 2018
- 『키다리 아저씨』, 진 웹스터, 김양미, 인디고(글담), 2010
- 『태백산맥』, 조정래, 해냄, 2020
- 『톰 소여의 모험』, 마크 트웨인, 김욱동, 민음사, 2009
- 『풀이 눕는다』, 김수영, 시인생각, 2013
- 『한 공기의 사랑, 아낌의 인문학』, 강신주, EBS BOOKS, 2020
- 『한강』, 조정래, 해냄, 2020
- 『해빗』, 웬디 우드, 김윤제, 다산북스, 2020
- 『향수』, 정지용, 유종호, 민음사, 2016
- 『황홀한 글감옥』, 조정래, 시사인북, 2020
- 『50, 우아한 근육』, 이민숙, 꿈의지도, 2020

일을 그만두니 설레는 꿈이 생겼다

초판 1쇄 발행 2021년 06월 10일

지은이 이주용
펴낸이 고학준
디자인 디자인수

펴낸곳 99퍼센트
등 록 제2021-000003호
주 소 경기도 고양시 일산동구 중산로 101
전 화 070-7797-3459
메 일 99perbooks@naver.com
블로그 blog.naver.com/ohahim7
인스타 @kohakjun

ISBN 979-11-974640-3-4 03810

99퍼센트에서는 작가님의 소중한 원고를 기다립니다. 머리로 읽고 가슴으로 생각하겠습니다. 투고를 원하시는 분은 99perbooks@naver.com으로 보내주세요.